좋은 날이 오길 바라며

_____ 에게

_____ 로부터

그럼에도 좋은 날은 오니까요

사는 동안 인생이 순탄하게만 흘러가지는 않았다. 하고 싶었던 일에 도전하는 것도, 소망하는 꿈을 이루는 것도, 사람과 사랑을 마주하는 것도, 어느 것 하나 쉬운 게 없었다. 인생의 고비는 예고도 없이 찾아온다고 했던가. 준비할 겨를도 없이 맞닥뜨린 시련 앞에서 나는 자주 넘어졌고, 자책했고, 시린 한숨을 내쉬었다. 어떻게 해서든 견디려고 안간힘을 쓰며 버티다가도 휩쓸려 오는 무력감에 공들였던 하루가 무너지기도 했다. 지탱하고 있는 두 다리에 누가 모래주머니라도 채운 것처럼 버거웠던 하루의 무게. 열심히 나아가고 있는 걸음에 비해 나아지지 않는 현실. 노력한 만큼 따라와 주지 않는 결과에 감추지 못했던 허탈함.

그렇지만, 그럼에도 희망을 품고 살아간다. 긍정의 마음을 열어 두며 산다. 그 이유는 단 하나. 힘듦과 시련이 다 지나고 나면 결국은 좋은 날이 올 거라는 믿음. 이 믿음이 있기에 힘들어도 내일을 살아갈 용기가 생겼고, 지나간 인연의 자리에 새로운 사람을 반갑게 맞이할 수 있었고, 다시 사랑을 찾게 되었으며, 지친 나를 다독일 수 있었다.

먹구름이 다 지나갔으니,
힘들었던 지난날을 잘 견뎌 왔으니,
이제 기쁘고 좋은 일만 있겠습니다.

언제나처럼, 늘 그랬듯이
좋은 날은 오니까요.

I

그럼에도
살아갈 용기가
있으니까요

얼마나 더 큰 행복이 오려고 그러나 × 그럼에도 나는 × 이 또한 지
나간다 × 새기고 싶은 마음 × 바람에 흔들리지 않는 나무는 없듯
× 시선을 두어야 할 곳 × 별을 찾아가는 길 × 심장에 물 묻힐 시간
× 뒤돌아보니 꽃길이었다 × 나이가 들수록 후회되는 것 × 그건 흠
이 아니라 힘이다 × 멍든 마음의 치료 약 × 10, 9, 8, 7, 6, 5, 4, 3,
2, 1, 땡 × 어른이 되고 나서야 × 과오를 받아들이며 성장하는 삶
으로 × 충분히 최선을 다했다면 × 내 안의 뚝심을 지키며 × 정해
진 답이 아니라 정하는 답으로 × 생각은 행동을 이길 수 없고 끈기
는 자만을 기어코 이긴다 × 인생의 지표는 내 손안에 있다 × 고민
의 답 × 새로 고침 × 더 큰 기쁨을 얻었으니 됐다 × 마음을 풍요롭
게 × 살면서 잊지 말아야 할 것들 × 20대 청춘의 끝자락에서 × 그
때의 나 × 여백을 두며 살아가자 × 행복을 수확할 시기 × 늦게 핀
꽃이 더 아름답다 × 포춘 쿠키 × 좋은 날이 올 거란 신호 × 곧 도
착할 선물 × 사람 온기 × 모든 것에는 유효 기간이 있다

II

그럼에도
함께하는 순간이
있으니까요

좋은 사람 곁에는 좋은 사람이 따라온다 × 모두에게 착한 사람일 필요는 없다 × 관계를 오래 지키기 위해서 알아 둬야 할 것 × 흘러가는 대로 × '우리'라는 존재 × 그런 사람이 되기를 × 결이 같은 사람에게 마음이 가는 이유 × 사람을 귀하게 여기는 사람들의 특징 × 후광이 비치는 사람 × 톨레랑스 × 나는 당신을 다시 봅니다 × 관계의 이상형 × 꼭 잡아야 할 인연 × 오래 보고 싶은 사람 × 말을 예쁘게 하는 사람들의 특징 × 말의 풍미 × 1도 차이 × 인간관계에 피로감을 느끼고 있다는 증거 × 관계의 기준점 × 마침표를 찍은 뒤엔 × 섬을 떠나야 섬이 보인다 × 진정한 내 사람은 먹구름이 낄 때 온다 × 곁에 두고 싶은 사람 × 내 편이 있다는 건 × 정이 가는 사람 × 우정과 사랑의 출발선 × 물음 × MBTI가 어떻게 되세요? × 사람을 믿지 못하는 병 × 모두에게 사랑받을 수는 없으므로 × 멀리하고 싶은 사람 × 엉킨 실타래 × 인간관계에서 조심해야 하는 부분 × 대화는 마음의 열쇠 × 필연이었던 인연 × 매력의 잔향 × 내 안의 나 × 어떤 모습이어도 좋다 × 나답게 산다는 건 × 상처의 출처 × 기억될 사람 × 모습의 모순 × 나를 부지런히 사랑하자 × 취향으로 나만의 향기를 품다 × 나를 인정하고 받아들이는 것

III

그럼에도
잘 이겨 내고
있으니까요

그 걱정, 절대로 일어나지 않는다 × 우연은 우연이 아니다 × 잠시 쉬었다 가자 × 더 나은 내가 되기 위해 × 잘하고픈 마음 × 불완전하기에 완벽한 것들 × 그 자체로 빛나는 그대 × 그럴 수 있는 날 × 마음 둘 곳 × 안부 × 얼굴 뒤로 숨은 표정 × 쏟아지는 비에 나의 비애도 같이 떠내려가기를 × 불안에 지지 않을 것 × 몸과 마음을 평안하게 하는 법 × 그래도 돼 × 방해 금지 모드 × 나쁜 기억에 덜 집중하기 × 좋았던 기억이 돼 × 원래부터 없었던 것처럼 × 말이 닿는 곳 × 마음먹기에 달린 일 × 기억하기 위한 기록 × 말할 수 없는 비밀 × 같이 걷자 × 마음속 웅덩이 × 감정적 단식 × 마음에서 피어난 말 × 자존감을 높이는 방법 × 나의 가치를 믿는 것 × 자란다, 잘한다 × 마음의 충전은 나로부터 시작되는 것 × 실천하고 싶은 것 × 쓸모없는 건 없다 × 나에 대한 예의 × 무언의 위로 × 흔들리는 나를 잡아 주던 말들 × 생각을 바꾸는 1분 × 잘 먹고, 잘 자고, 잘 쉬기 × 어디든 떠나자 × 마음을 세는 일 × 나를 간지럽히는 계절 × 행복의 바탕 × 힘들 때 꺼내 보면 좋은 문장 × 당신에게 보내는 응원 × 그럼에도 좋은 날은 온다

IV

그럼에도
사랑은 다시
찾아오니까요

사랑은 서로에게 닿았다가, 닳았다가, 닮아 가는 것 × 사랑의
은유 × 서툰 마음에서 싹튼 마음 × 불리는 이름 × 유일한 사
람 × 사랑을 실감하는 순간들 × 보고픈 마음에 당신이 더해지
면 그건 사랑 × 당신과 함께라면 × 숨은 뜻 × 약속하자 × 아침
이 온 줄도 모르게 × 들켰다 × 염원하는 사랑 × 스쳐 지나가는
인연일지라도 그것 또한 인연 × 사랑 × 있을 때 잘해야지 × 우
리의 마지막 계절 × 기억 속의 그 사람 × 사랑이라 믿었지 × 지
우지 못할 얼룩 × 재전송하시겠습니까 × 진심 × 미워도 사랑하
니까 × 인연이란 이름으로 × 별처럼 빛나도록 × 사랑하는 사람
아 × 은혜 갚는 까치가 되어 × 되찾은 애정 × 대가 없이 건네는
사랑 × 아빠의 어부바 × 엄마가 딸에게 × 딸이 엄마에게

마치며

I

그럼에도

살아갈 용기가

있으니까요

얼마나 더 큰 행복이 오려고 그러나

불행은 기다렸다는 듯이 연달아 찾아왔다. 한 고비를 넘기면 다른 고비가, 하나를 이겨 내면 다른 하나를 또 이겨 내야 했다. 예고라도 하고 오면 좋겠는데 불행은 자비가 없나 보다. 갑자기 찾아온 건강의 적신호, 어려워진 집안 형편, 켜켜이 쌓여만 가는 빚. 한 번의 삐끗은 그간 일궈 놓은 모든 노력을 단번에 무너뜨렸다. 도미노처럼 와르르. 불행은 마음의 여유마저 앗아갔다. 여기서 무너지면 안 된다며 스스로를 채찍질하던 날이 허다했으니 말이다.

그럼에도 하루하루를 또 버텨 낸다. 한여름의 장마처럼 우르르 비가 쏟아지다가도, 언제 그랬냐는 듯 맑게 갤 테니까. 그친 비가 남긴 무지개는 유독 더 선명할 테니까. 불행은 더 큰 행복을 불러올 테고, 우린 다가온 행복을 있는 힘껏 끌어안으면 된다. 내게서 앗아간 것보다 더 많은 것을 얻고, 많이 울었던 만큼 더 많이 웃고, 많은 걸 포기했던 만큼 더 큰 성취를 이루면서 말이다.

꿋꿋이 견디고 또 기대해 본다.

얼마나 더 큰 행복이 오려고 그러나, 하고.

그럼에도 나는

'그럼에도'라는 말을 좋아한다. 어떤 조건이든, 어떤 상황이든 그대로의 모습을 바라보겠다는 말 같아서. 그럼.에.도. 짧은 네 글자이지만, 이 안에는 농도 짙은 뜻이 들어 있다. 우리 앞을 가로막는 장애물이 많이 있더라도, 그럼에도 내가 넘어 볼게. 흙먼지가 너를 뒤덮고 있더라도, 그럼에도 내가 안아 줄게. 상관이 없는 것이다. 때로는 간절한 소망이자 애절한 속삭임이 되고, 완강한 다짐과 완곡한 외침이 될 말. 과거가 어떻든 지금을 바라보겠다는 의지이자, 꿋꿋하게 앞으로 나아가겠다는 의중이다. 그럼에도 좋다. 그럼에도 사랑한다. 그럼에도 아낀다. 그럼에도 나아간다. 그럼에도 살아간다. 그럼에도.

이 또한 지나간다

　살면서 힘든 일을 수없이 겪었지만, 시간이 지나고 나면 언제 그랬냐는 듯 괜찮아지곤 했다. 찰나의 시련이었고, 순간의 아픔이었다. 계속되는 시련의 연속이 아니었으며, 아프더라도 다시 치유될 수 있는 일이었다. 따라서 살아가다가 난관에 부딪히는 순간이 오면 힘없이 주저앉거나 깊은 좌절에 빠지는 것이 아니라, 이 또한 지나갈 것이라는 믿음을 갖는 편이다. 지금의 힘든 일도 지나가는 중이니 잘 견디고 있다고 자신을 다독인다. 어떤 상황이 와도 굴하지 않고 굳은 의지를 다잡는다. 이런 의연한 다짐은 주저앉은 나를 다시 일으켜 줄 손길이 되고, 유약해진 내면을 더욱 견고하게 할 결심이 될 것을 안다. 그러니 오늘보다 더 나은 내일이 올 거라 믿으며 살아가자. 시련과 아픔이 남기고 간 흔적을 나의 자랑스러운 훈장으로 여기자. 이 안타까운 청춘도 결국 다 지나갈 테니.

새기고 싶은 마음

작은 물결에도 방향을 틀지 않는 굳건한 '믿음'
사랑의 뒷모습도 안아 줄 줄 아는 '포용심'
나와 주변이 평온하고 화목해질 수 있는 '평화'
자신을 괴롭히지 않는 '챙김'
후회 없이 살아가는 '후련함'
행복의 진정한 의미를 아는 '기쁨'
보고 싶을 땐 숨김없이 그리워하는 '사랑'
척하지 않는 '솔직함'
진심에 점수를 매기지 않는 '감동'
뭐든 해낼 수 있을 거란 '자신감'

바람에 흔들리지 않는
나무는 없듯

　살다 보면 세상은 내게 왜 이런 시련과 아픔을 주는 건지 원망스러울 때가 있다. 정말 열심히 살고 있다고 생각했는데, 하늘이 시샘이라도 하는 듯 온갖 고난이 휘몰아칠 때면, 그 순간 모든 것을 포기하고 싶어지기도 한다. 바람에 흔들리지 않는 나무는 없듯이, 갑자기 찾아온 시련에 힘들어하지 않는 사람 또한 없다. 당신이 약해서가 아니다. 누구든 시련이 오면 휘청거리기 마련이니까. 거센 바람이 잎사귀를 모조리 앗아갈지라도 땅속 깊숙이 파고든 뿌리만 굳건히 지켜 내면 된다. 그 누가 당신을 흔들어 놓을지라도 마음 깊숙이 파고든 믿음과 용기만 굳건히 지키면 된다.

　곧 지나갈 폭풍우이며, 잠깐 머물다 가는 먹구름이다. 인생의 흐린 날은 맑은 날이 오기 전, 잠시 거쳐 가는 그늘

일 뿐이다. 그러니 당신, 잘 견디고 있다. 고된 하루에도 믿음과 용기를 잃지 않고 살아간다면, 희망찬 내일이 밝을 것이다. 언제 그랬냐는 듯 그늘졌던 얼굴에도 환한 미소가 드리울 것이다.

시선을 두어야 할 곳

시선이 타인을 향해 있는 사람은 그들이 만들어 놓은 기준에 자신을 끼워 맞춰 간다. 반면에 자신에게 시선을 두고 사는 사람은 보다 주체적인 삶을 산다. 본인의 삶에 주인공이 되어 장점을 살리고 빛나는 인생을 산다. 타인과 비교하며 자존감을 갉아먹는 게 아니라 본연의 색을 잃지 않으려는 마음을 품고 산다. 그러니 우리가 잊지 말아야 할 것은 행복에 가까워지려면 타인에게서 내게로 시선을 돌려야 한다는 것이다. 삶은 내가 시선을 두는 곳으로 흐르는 법이니까.

내 삶의 주인공은 바로 '나'라는 사실을 잊지 않았으면 한다. 그 누구도 내 하루와 시간, 마음은 책임져 주지 않는다는 것을 명심하자. 하고 싶은 것을 억지로 참아 가며, 다른 사람들의 눈치를 보고 나의 꿈과 소망을 억누르면서까지 살아갈 필요는 없다. 억지로 살아가지 말고, 나의 의지로 살아가자. 나 아닌 다른 요인으로 인해 움직이는 수동적 태도가 아닌, 스스로의 힘으로 나아가는 능동적 태도로 살아가도록 하자. 타인의 첨언은 좋은 것만 흡수하고 좋지 않은 건 흘려보내면서, 자신이 내린 결정을 믿고 후회 없는, 후련한 삶으로 나아가기를 바란다.

별을 찾아가는 길

밤에 산책을 하다 고개를 들어 하늘을 쳐다보았다. 초점을 맞추니 반짝이는 무언가. 별이었다. 평소에 별을 보면 예쁘다는 감탄과 함께 카메라에 담아내기 바빴는데, 그날따라 별이 안쓰러워 보이던 이 감정을 어떻게 설명해야 할까. 걸음을 멈추고 바라보는데 마음 한 켠이 아련해진다. 저 별은 얼마나 큰 어둠을 짊어졌길래 저리도 반짝이는 것일까. 별은 언제나 그 자리에서 밝게 빛나고 있다. 다만 구름에 가려져, 더 밝은 빛에 가려져 우리 눈에 보이지 않았을 뿐이다. 어찌 보면 슬프고 안타까운 일이 아닌가. 주변의 빛으로 인해 나의 빛을 드러내지 못한다는 게. 밝을 땐 보이지 않던 반짝임이 어둠을 등에 짊어지고 나서야 그토록 찾던 별이 된다는 사실이.

어둡다고 느끼는 색은 대체로 검은색으로 표현된다. 이 검은색은 하나로 이루어진 단색이 아니라 다양한 색깔이 모이고 섞여져 만들어진 복합적인 색이다. 우리가 매일 맞이하는 밤도 갖가지 색깔들이 합해져서 만들어진 것이 아닐까. 구름 한 점 없는 푸른 하늘, 노을 진 하늘, 비 오는 흐린 회색빛 하늘, 해가 지면서 남긴 오묘한 빛의 그러데이션 하늘…. 이 모든 색이 합해져서 만들어진 어둠. 그렇기에 별이 어둠 속에서 더 밝게 빛날 수 있던 것일까. 매일 다른 아침과 낮을 보내고 맞이한 밤이라서.

인생도 별과 같다. 빛나기 위해서 수많은 시행착오와 경험의 과정을 거쳐야 한다. 그 과정을 통해 다양한 색을 만들어 보면 좋겠다. 핑크빛 사랑, 파란색 우울, 보라색 번아웃, 붉은 열정, 그 어떤 색이라도 좋다. 그 색이 얽히고설켜 하나의 특별한 색으로 만들어질 것이며, 그 속에서 우린 더욱 빛나게 될 것이다.

이제는 할까 말까 고민되는 것이 있다면 도전해 보고 부딪혀 보는 길을 택한다. "그래, 일단 해 보자." 어둠이 무서워서 피하는 것이 아니라 그 어둠의 색을 직접 만들

어 보려 한다. 그리고 찾아야겠다. 짙은 어둠 속에서도
밝게 빛나는 나의 별을.

심장에 물 묻힐 시간

뭐 하나 특출나게 잘하는 게 없었던 나는 고만고만하게 살았다. 생각해 보면 무엇 하나 쉽게 이뤄 내는 게 없었다. 힘겹게 언덕을 올라가면 그 앞엔 더 큰 언덕이 있었고, 가파른 언덕을 바라보니 숨이 막혀 올라갈 엄두조차 나지 않았다. 올라가 보기도 전에 지레 겁부터 먹을 때도 있었다. 다른 사람들은 시련 앞에 성큼성큼 나아가는 것에 비해 나는 항상 제자리걸음인 것만 같았다. 조급함이라는 장애물에 걸린 발걸음은 자꾸 넘어지기 일쑤였고, 다친 곳엔 흉터만 늘어 갔다.

어느 순간 깨달았다. 나는 느린 사람이 아니라, 심장에 물 묻힐 시간이 다른 사람들보다 오래 필요했을 뿐이라는 것을. 호흡을 내뱉는 시간이 조금 더 길었을 뿐이라는 것을. 마음속으로 하나, 둘, 셋 숫자를 세어야 한 발짝 내디딜 수 있는 용기가 생긴다는 것을. 그렇게 나아갈 준비를 하고 있었다는 것을 말이다. 이제는 서두르지 않는다. 나는 나대로 나아가면 되니까.

처음과 도전, 불안과 상처로 짊어질 것들이 한가득인 오늘 하루 앞에서 또 속으로 숫자를 세어 본다.

하나, 둘, 셋 하고.

뒤돌아보니 꽃길이었다

아무리 열심히 해도 티가 나지 않을 때가 있다. 열심히 페달을 밟고 있는데 도저히 앞으로 가지 않는 그런 때가. 같은 자리만 맴돌고 있는 것 같을 때가. 먼지만도 못한 존재처럼 나라는 사람이 한없이 작은 사람으로 느껴지는 때가. 그 순수하고 어렸던 아이는 자라면서 낭만보다 현실을 먼저 배웠고, 현실 앞에선 누리던 자유도 길을 잃어버렸다. 어떤 길목에 서 있는 걸까. 눈앞에 보이는 길은 삭막하기만 하다. 현실과 부딪히며 얻은 수많은 경험의 씨앗을 땅에 심어도 자라나는 게 보이지 않는다. 그러다 알게 된 것. 살아가면서 겪은 수많은 깨짐과 까짐으로 삭막해진 흙길을 걷고 있다고 생각했는데, 뒤돌아보니 꽃길이 되어 있었다. 꽃내음으로 가득했다. 그간 흘린 눈물과 땀은 경험이란 씨앗의 양분이 되어 아름다운 꽃으로 피어 있었다. 누구에게든 살아감의 가치는 있다는 걸 잊지 않았으면 한다. 티가 나지 않아도, 보잘것없어 보여도, 이 세상에 아무것도 아닌 건 없으니 말이다.

나이가 들수록 후회되는 것

더 많이 도전해 볼걸

더 많이 사랑해 볼걸

더 많이 여행 가 볼걸

더 많이 이해해 줄걸

더 많이 효도할걸

더 많이 표현할걸

더 많이 베풀걸

그건 흠이 아니라 힘이다

비어 있다는 말은

더 채울 수도 있다는 희망을 뜻하는 것이고,

옛것을 버린다는 말은

새것을 만들겠다는 소망을 뜻하는 것이다.

못한다는 말은

더 잘 해내고 싶다는 열정을 뜻하는 것이고,

어렵다는 말은

현재를 잘 극복해 내겠다는 의지를 뜻하는 것이다.

약하다는 말은

이전보다 더 강해질 수도 있다는 노력을 뜻하는 것이고,

아프다는 말은

다 나은 모습을 보여 주려는 성장을 뜻하는 것이다.

불행하다는 말은

더 큰 행복을 찾을 수도 있다는 기대를 뜻하는 것이고,

나태하다는 말은

더 열심히 살 수도 있다는 가능성을 뜻하는 것이다.

모든 건 없었기 때문에 있을 수 있었다. 부족하고 미흡했기 때문에 발전하고 흡족할 수 있게 된 것이니. 당신의 내면에서든, 겉으로 보이는 모습에서든 결핍된 것들은 모두 원동력이 된다. 부정적이었던 것을 반대로 바꿔 좋은 방향으로 이끌어 주면서.

그러니 그건 흠이 아니라 힘이다. 그 틈에서 나올 무궁무진한 잠재력을 당신은 가지고 있다. 지금보다 크게 될 사람이고, 보다 더 만족스러운 삶으로 향해 나아갈 당신이다.

멍든 마음의 치료 약

그저 살아 내기 바빴습니다. 눈을 뜨고 감을 때까지 미소를 잃은 채로 하루를 보내는 날이 허다했습니다. 감각이 둔해져서 아파도 아픈 줄 모르고, 슬퍼도 슬픈 줄 모르고, 힘들어도 힘든 줄 몰랐습니다. 그에 따라 감정도 메말라 가는 걸까요. 무뎌진 감각은 감정의 이름을 하나씩 지워 갔습니다. 아니, 지워진 게 아니라 잊어버리게 된 것이 더 맞겠습니다. 스스로가 만든 그 둔하고 무딘 마음이 수많은 감정의 색을 빼앗고 마음 안에 멍을 만들어 냅니다. 언제 부딪혔는지, 어떤 날카로운 말에 베였는지도 모른 채 지내다가 다친 부위를 또 부딪치고 나서야 뒤늦게 상처 난 곳을 발견해 버린 것이지요. 내게 참 무심했습니다. 결국 마음의 멍은 이 무뎌진 감각 때문에 생긴 것이겠죠. 자주 외면하고 등한시했던 나에게 바랍니다. 무딘 마음으로 살아가지 말고 자신의 감정에 좀 더 솔직해지기를. 마음의 우선순위를 나로 두기를. 부디 마음이 보내는 신호를 외면하지 않고 알아봐 주기를. 비단 참고 견딘다고 해서 그 멍이 낫지 않는다는 것을 기억하기를. 그리고 발견하기를. 멍든 마음의 치료 약은 나에게 있다는 것을요.

10, 9, 8, 7, 6, 5, 4, 3, 2, 1, 땡

어떤 상황에서든 이겨 내는 건 내 몫이었다. 누군가가 대신해서 아파해 줄 수도, 대신 해결해 줄 수도 있는 게 아니었기에 아파도, 힘들어도 극복하는 건 나여야 했다. 때로는 연락을 받는 것도 버거워서 연락 수단을 모조리 꺼 버리곤 한다. 힘듦을 말로 설명하기가 벅차서 그냥 꿀꺽 삼키고 만다. 기대고 싶어도 천성이 그러지 못하는 사람이라 혼자 견디는 날이 더 많다. 힘들어도 잘 이겨 내 볼 테니 믿고 기다려 달라고 하고 싶었다. 오래 걸리지 않을 테니 조금만, 아주 조금만 기다려 줄 수 있을지 묻고 싶었다.

"열까지만 카운트 세고 있어 줘."

"땡, 하는 순간 짠, 하고 다시 일어나 볼게."

어른이 되고 나서야

당시에는 와닿지 않았던 말들이 불현듯 이해되는 때가 온다. 지금 먹지 않는 음식도 나중에는 없어서 못 먹게 될 거라는 말, 공부할 때가 행복한 거라는 말, 사랑을 많이 해 볼수록 사람을 보는 눈이 생긴다는 말, 갈수록 만나는 사람이 정해져 있다는 말, 돈이 인생의 전부가 아니라는 말, 대다수가 배운 것과는 전혀 다른 일을 하며 살아간다는 말.

그런 말을 들을 때마다 난 그러지 않을 거라고, 내겐 일어나지 않을 일이라고 단정 짓곤 했다. 그때는 이해하지 못했던 것들이 시간이 지나고 나서야 비로소 이해되는 걸 보니 나도 어느덧 성숙해진 걸까, 세상을 배운 것일까.

과오를 받아들이며
성장하는 삶으로

가까운 일이든 머나먼 미래든 앞을 먼저 내다볼 수 있으면 좋겠다고 생각한 적이 있었다. 그렇다면 예기치 못한 상황을 미리 대비할 수 있을 테고, 원하는 방향으로 이끌어 갈 수 있을 테니까. 함정에 빠지지 않고 정답만을 찾아 나서고 싶었다. 하지만 삶은 예측할 수 없었고, 예보를 벗어난 날씨처럼 변덕이 심하기도 했다. 한 치 앞도 모르는 게 인생인지라 내일의 내가 어떤 모습일지, 일 년 후엔 또 어떠한 나날들이 펼쳐질지 무척이나 궁금했다. 바라던 대로 흐르면 좋겠지만 그렇지 않더라도 즐기면서 살아가야지. 혹여나 다른 방향으로 나아가게 될지라도 그 또한 삶의 일부라 여기며 과정을 즐기도록 해야지. 정답만을 찾으려고 하기보다 과오를 받아들이고 보다 성장할 수 있도록, 더 많이 배우고 깨우치며 살아가야겠다.

충분히 최선을 다했다면

이미 내게서 떠난 일은 크게 미련을 두지 않는다. 무수한 고민과 망설임을 겪고 결정을 내린 것이기에. 마음에서 멀어지기까지 충분히 아파하고, 슬퍼했기에. 마음에 방점을 찍은 뒤엔 뒤도 돌아보지 않고 돌아선다. 그래서 정 뗀 마음에 다시 정을 붙이기란 쉽지 않았다. 그 순간에 온 마음과 정성을 다했던, 구석진 마음마저 다 끄집어서 내어 준, 끝까지 손을 놓지 않고 버텼던 나에게 미안해서라도 남아 있는 잔여 감정을 모두 지운다. 더는 후회가 없다. 내 할 일은 끝났다. 다한 쓰임은 다른 쓰임을 찾아서 나아갈 뿐이다.

그래서 내린 결정에 신중을 기했다면, 그 결심에 후회가 없다면, 후의 마음이 한결 홀가분해졌다면 충분히 최선을 다한 것. 그러면 된 거다.

내 안의 뚝심을 지키며

마음이 흔들리지 않는 사람이 되고 싶다. 누군가가 내 뱉은 말에 갈피를 못 잡는 것이 아니라, 내 안의 뚝심을 굳건히 지키며 스스로에 대한 믿음과 사랑을 확실히 하고 싶다. 누가 밀쳐 내도, 헤집어 놓아도, 계속 넘어뜨리려 해도 개의치 않고 우뚝 일어서는 오뚝이처럼 그 단단한 마음을 중심에 두고서. 자신이 내린 결정을 믿으며, 지금의 감정에 충실하고, 시선으로부터 자유롭게, 때로는 세상과 맞서기도 하면서. 이처럼 내 안의 뚝심은 나를 더욱 단단하게 만들어 줄 것이다. 가벼운 말에 흔들리지 않는 사람으로, 내 생각과 의견을 확실하게 표현할 수 있는 사람으로, 현명한 판단과 결정을 내릴 수 있는 사람으로 말이다. 그 마음의 심지를 단단하게 두고 살아야겠다. 나에 대한 확신과 사랑을 더욱 견고히 하며.

정해진 답이 아니라
정하는 답으로

정해진 답이 아니라 정하는 답이길 바란다. 예전에야 딱 들어맞는 공식만이 정답이라 여기며 살아왔다. 그래서 이럴 땐 이렇게 해야 하고 저럴 땐 저렇게 해야 하는 것에 더 익숙해져 있었고, 그게 어긋나지 않는 길이라 생각했다. 하지만 삶을 살며 알게 된 건, 그것만이 꼭 정답은 아니라는 사실이다. 몸에 좋은 음식이라 해서 모든 사람의 체질에 맞는 건 아니다. 내 몸에 맞는 영양소가 따로 있듯이, 내게 맞는 길이 따로 있는 것이 아닌가. 옳은지 그른지는 개개인의 상황을 고려해야 함을 간과해선 안 되는 일이었다. 인생을 마치 증명된 공식이 있는 것처럼 딱딱 맞추면서 살아가면 좋겠지만, 증명하기 위해서 몇 번이고 다시 오류를 되짚어 보며 교정해 가는 것도 삶의 답을 찾는 적당한 방법이라 생각한다. 아니, 어쩌면 그것이야말로 삶을 살아가는 묘

미이지 않을까. 살다가 뜻하지 않은 변수를 발견할지라도, 교묘히 숨어 있던 함정에 빠지더라도, 내가 내린 답을 증명하면서 살아가고 싶다.

이제 살아가는 방식을 바꾸기로 한다. 정해진 답이 아니라, 정하는 답으로 살아가려고 한다. 내가 생각한 답은 이건데 너는 이렇게 생각했구나. 그럴 수도 있겠네. 기꺼이 수긍하고, 공감하고, 그럼 이것도 정답이 될 수 있겠네, 하며 다른 방향을 모색하기도 하면서. 실패를 두려워하지 않고 맞서면서 답을 내리려 한다. 내가 정하는 답, 그 답으로 살아가는 삶이길 바란다.

생각은 행동을 이길 수 없고
끈기는 자만을 기어코 이긴다

제일 무서운 사람은 한다면 하는 사람이 아닐까. 시간이 걸려도, 장애물이 많아도, 가다가 넘어지고 무릎이 자주 굽혀질지라도 결국 해내고 마는 사람. 늦게 출발했지만 결국 도착점에 다다를 사람. 끈기와 실행력을 단단히 두르고선 그 어떤 시험대에서도 굴하지 않고, 자기 일을 묵묵히 해내는 사람은 이 치열하고도 첨예한 세상 속에서 끝까지 살아남는 승자가 될 것이다.

꾸준히 자기 일에 매진한 사람은 단연 뜻하는 바를 이룰 수밖에 없다. 내뱉은 말은 반드시 지키고야 마는 행동력. 힘들어도 도중에 포기하는 법이 없는 끈기. 인내와 고생 끝에 거머쥔 성취는 곧 나를 대표하는 이름표가 되고, 성공의 길로 이끌어 줄 것이다.

삶은 결국 버티는 자가 성공하는 것 같다. 육체적으로 힘들어도, 정신적으로 타격을 입어도 나의 능력을 의심하지 않고 끝까지 해내겠다는 집념으로 임한다면 이루지 못할 건 없다. 부디 지금 마음먹은 그 일에 집중할 것. 그리고 행할 것. 생각은 행동을 이길 수 없고, 끈기는 자만을 기어코 이길 것이다.

인생의 지표는 내 손안에 있다

인생은 정해진 길이 없다.
하얀 도화지에 출발지만 적혀 있을 뿐,
어디에 발자국을 찍을지, 어디로 향해 정착할지는
순전히 나의 선택과 결정에 따른다.

때로는 방랑자처럼 자유롭게 유영하듯 살아가자.
목표, 소망, 꿈을 가득 담은 배를 타고
넓은 곳으로의 항해를 꿈꾸면서
나의 눈길이 사로잡히는 대로, 발길이 닿는 대로
내가 원하는 방향으로 나아가면서.

그것이 곧 나의 뜻이자 길이 될 것이니.
인생의 지표는 내 손안에 있다.

고민의 답

모든 고민의 답은 결국 둘 중 하나다.

맞는 것과 틀린 것, 같은 것과 다른 것, 긍정과 부정, 예나 아니요, 좋은 것과 싫은 것, 행복한 것과 불행한 것, 하는 것과 하지 않는 것, 해야 할 것과 하지 말아야 할 것, 가져야 할 것과 버려야 할 것.

고민을 해결하기 위해선 여러 선택 사항을 두지 않는 편이 낫다. 감히 단언하건대, 지금 당신이 하는 고민의 답도 둘 중 하나다. 나에게 이로운 것이거나 해로운 것이거나. 부디 그 선택에 후회가 없길 바랄 뿐이다.

새로 고침

시간을 새로 고침 할 수 있다면
가슴 아팠던 시간은 지우고
가장 행복했던 시간을 불러올 테다.

사랑을 새로 고침 할 수 있다면
좁혀지지 않는 사랑은 지우고
가장 가까운 사랑을 불러올 테다.

삶을 새로 고침 할 수 있다면
가난과 고난의 삶은 지우고
찬란히 빛나던 삶을 불러올 테다.

더 큰 기쁨을 얻었으니 됐다

하나를 얻으면 다른 하나는 잃는 법이다. 모든 걸 다 가질 수 있으면 좋겠지만, 현실은 그렇지 못하다. 하나의 성취 뒤엔 그에 따른 희생이 있었고, 포기가 있었고, 남모를 고충이 있었다. 당신 또한 그러했으리라. 원하는 것을 얻기 위해 때로는 가진 것 중 하나를 내려놓아야 했을 테고, 삶의 일부가 사라지기도 했을 테지.

하나를 얻은 대신 다른 하나를 잃었지만, 그럼에도 감수하면서 살아가는 이유는 얻은 기쁨이 더 크기 때문이다. 그 기쁨은 나를 더 만족스러운 삶으로 인도해 주었다. 두 마리의 토끼를 다 잡지는 못했지만, 그 둘을 합친 것보다 더 큰 것을 얻은 것만 같은 기분이었다. 하나를 잃은 자리에 더 큰 기쁨과 행복이 굴러와 앉았으니, 그것으로도 충분히 만족스러웠고 좋았다.

전부 다 가질 수 없다는 걸 알면서도
상실을 슬퍼하는 나에게
마음속으로 조곤조곤 응원해 본다.

"잃은 것보다 더 큰 기쁨이 올 것이다.
잃은 것과는 비교도 안 될 정도로
큰 행복이 도착할 것이다."라고.

마음을 풍요롭게

마음이 풍요로운 삶을 지향하기 위해서는 알아 두어야 할 점이 있다. 인생에 있어서 돈이 전부라고 생각하지 않는 태도를 가져야 한다는 점. 가진 것이 많다고 해서 무조건 행복한 것도 아니고, 없다고 해서 필히 불행한 것 또한 아니라는 점. 돈이 있으면 삶을 조금 더 윤택하게 해 줄 수는 있겠지만, 마음까지 풍요롭게 해 주지는 못한다는 점. 누군가의 진심과 정성, 배려와 격려, 익명의 선행과 베풂은 절대 재화로 환산할 수 없는 값진 마음이라는 점을 기억해야 한다. 정서적인 포만감은 단지 재산만으로는 채울 수 없다. 조금 덜 벌더라도 내가 좋아하는 일을 하며 살고, 명품이나 보석으로 치장하는 대신 곁에 있는 소중한 사람들을 품는 것이야말로 내면에 행복을 가득 채우고, 마음이 풍요로운 삶으로 나아갈 수 있게 한다. 인생에서 가장 중요한 것은 소유물이 아니라, 만족감이다.

살면서 잊지 말아야 할 것들

치열하게는 살아도 치사하게 살지는 말 것
가까운 사람에겐 더더욱 예의를 지킬 것
모든 것을 다 내어 주고 아파하지 말 것
나의 몫도 챙기면서 타인에게 선행을 베풀 것
잘될수록 겸손해져야 한다는 것
미련과 후회는 과거에만 머물게 한다는 것
건강은 젊을 때부터 챙겨야 한다는 것
지나친 신중은 좋은 기회를 앗아 간다는 것
내가 가진 장점에 집중하면서 성장할 것
퇴색이 아닌 채색에 가까운 삶으로 살아갈 것

20대 청춘의 끝자락에서

학생 신분을 벗고 첫 사회생활을 하던 때, 꿈을 이루기 위해 밤을 지새우며 노력했던 나날들, 몸을 혹사하며 최선을 다했던, 그러다 인생의 쓴맛을 느끼기도 했던 모든 날. 이제 와 돌이켜 보니 정말 잘 보냈다. 막막한 현실 앞에서 무너지지 않은 것만 해도 얼마나 대단하고 기특한 일인가. 칭찬받아 마땅하다.

아직 늦지 않았다. 새로운 도전을 하기에도, 넘치는 사랑을 시작하기에도, 새로운 목표를 향해 나아가기에도 나는 아직 젊고 푸르다. 때를 맞춰 가지 않아도 때는 온다. 내차례가 곧 온다. 삶의 시계는 각자에게 맞춰 돌아가기에, 어떤 이에게는 빠르고, 어떤 이에게는 더디게 흐른다. 비록 내가 느리게 갈지라도, 때로는 뚜렷한 결과 없이 흐르는 세월이 야속하더라도, 그때가 아직 오지 않았다고 서운해하지 말아야겠다. 더 높은 곳으로 올라갈 준비를 다 마쳤으니, 이제 행하기만 하면 된다. 불행했던 순간이 지나가고 행복이 다가오고 있다. 눈물로 지새웠다면 이제는 웃음으로 지새우게 될 것이니, 마음껏 즐길 일만 남았다.

이제 시작이다. 앞자리가 바뀐 만큼 달라진 마음가짐으로, 새로 품은 열정으로, 지금까지 잘해 왔으니 그 변하지 않는 꿋꿋함으로 당차게 앞으로 나아가야지. 아직 분출되지 않은 열정을 태워야지. 더욱 붉고 뜨겁게, 보다 강하고 힘차게.

그때의 나

누구에게나 그때여서 가능했던 것들이 있다. 밤을 꼬박 새워도 끄떡없던 체력, 물불 가리지 않고 무모하게 달려들었던 열정, 갑자기 꽂힌 한 가지에 미친 듯이 파고들었던 끈기와 집중력. 그때였기에, 그 시절의 나였기에 가능했던 수많은 것들.

하지만 반대로, 지금이라서 가능한 것도 분명 있다. 그때는 시작하지 못했던 일이었지만 이제 시도해 볼 기회가 주어졌다거나, 서툴고 미숙했던 경험을 발판 삼아 다음으로 향할 수 있게 되었다거나 하는 순간이 온다. 그러니 과거의 나는 잊고 현재의 내가 할 수 있는 것들에 집중하는 편이 자신에게 훨씬 이롭다. 좋지 않은 결과를 얻었던 지난 경험에 좌절하고 힘들어하고 있었다면, 이제 훌훌 털어 버리자. 실패를 교훈으로 삼아 도약할 수 있는 기회로 만들어 보자.

분명 과거보다 성장한 지금의 내가 여기에 있다.

여백을 두며 살아가자

우리는 살아가면서 곳곳에 여백을 두어야 한다.

마음에 두면 쉼이 될 것이고,
시간에 두면 여유가 될 것이다.

사랑에 두면 돌아봄이 될 것이고,
나에게 두면 돌봄이 될 것이다.

비우고서야 보인다.
내 하루를, 나의 삶을 지탱할 수 있는 무언가가.

행복을 수확할 시기

한 해의 결실을 거두는 추수의 계절, 10월이다. 공기와 햇살, 바람의 온도가 밤낮으로 달라지는 이맘쯤이면 이때까지 키운 곡식을 거두어들이는 일이 한창이다. 공들여 온 노력의 성과가 드러나는 시기. 그간 정체된 길에서 발이 묶여 움직일 수 없는 상황이었다면, 점차 길이 트이기 시작할 것이다. 고생하며 보냈던 시간을 보상받고, 바라던 일이 소망한 대로 이루어지는 기쁨을 만끽할 것이다. 여태껏 원하는 결과를 얻기 위해 부단히 달려온 당신이기에, 궂은 시련의 과정을 견디며 열매를 맺을 날을 기다렸기에 그 성취를 곧 맛볼 것이다. 행복을 수확할 때가 다가올 것이다.

늦게 핀 꽃이 더 아름답다

　지금 하고 있는 일이 잘 풀리지 않고, 나만 제자리에서 맴도는 것 같다고 느껴질 때가 있습니다. 그럴 때면 자신과 타인을 비교하며 스스로 늪에 빠지곤 하죠. 남의 떡이 더 커 보인다는 말처럼 그들의 세상은 크고 웅장해 보이는데, 나의 세상은 한없이 작고 초라해 보이곤 합니다.

　그런 자기 폄하에 빠지지 않도록 지니고 다니는 말이 있습니다. '늦게 핀 꽃이 더 아름답다'는 말. 똑같이 씨앗을 뿌렸어도 자라는 때가 다 다르듯이, 사람도 마찬가지입니다. 같은 노력을 해도 사람마다 결과가 나오는 때는 다 다릅니다. 이를 모르고 다른 사람과 자신을 비교하며 상대를 추월하기 위해 내 속도를 넘어 무리하게 달리는 것은 오히려 스스로를 해하는 행동이 됩니다. 불안이 만든 조급함은 계속해서 발을 걸어 당신을 넘어뜨릴 테니까요.

그러니 누가 먼저 앞서간다고, 내가 뒤처지고 있다고 조급해하지 않았으면 합니다. 나는 나에게 맞는 속도대로 나아가면 되는 거니까요. 그렇게 꾸준히 가다 보면 끝엔 그토록 바라던 꽃이 아름답게 피어 있을 것이니 걱정하지 말아요. 힘든 시간을 견디고 나서 핀 꽃이 더 아름답습니다.

포춘 쿠키

새해 1월 1일
하나, 둘, 셋
동시에 포춘 쿠키를 열었다.

"조만간 행복이 찾아옵니다."

좋은 날이 올 거란
신호

1. 지금이 힘들다

이렇게까지 힘들 수 있나 싶을 정도로 좋지 않은 일들이 몰아친다. 마치 하늘이 내가 어디까지 버틸 수 있을지 시험해 보는 것 같은 기분. 사람은 극한의 상황으로 치달을 때 초인적인 힘이 발휘되지 않는가. 얼마나 더 좋은 일이 생기려고 이렇게 힘든 것일까. 얼마나 더 기뻐지려고. 얼마나 더 행복하려고. 오히려 잘되었다고 여기고, 까짓것 버텨 보자. 이겨 내 보자. 이참에 나의 숨겨진 능력치를 발견할 수 있다면, 그것도 나쁘지 않겠다.

2. 사람이 바뀐다

나의 모습이 바뀌고, 나의 주변 사람이 바뀐다. 내가 알던 내가 아니게 되고, 내가 보던 주변이 아니게 된다. 매미가 되기 위해 유충이 탈피하듯, 좋은 날을 맞이하기 위해 기존에 갖고 있던 내면과 외면의 허물을 벗는다. 그로 인해 새로운 사람들이 함께 따라 들어오는 것. 바뀐 주변 환경으로부터 오는 긍정적인 에너지가 나의 변화와 발전에 좋은 영향을 끼친다.

3. 건강을 챙긴다

망가진 몸과 마음을 다잡는다. 마음이 건강해야 몸도 건강할 수 있고, 몸이 건강해야 삶을 건강하게 살아갈 수 있다는 걸 깨닫는다. 이제 나를 해하던 것들을 멀리하고, 나에게 이로운 생활을 유지하려 한다. 먹지 않던 영양제도 챙겨 먹고, 엉망이었던 수면 습관도 고치고, 의식하여 몸을 움직이려 노력하기도 하면서 건강한 나를 만든다.

4. 새로운 다짐이 생긴다

깊이 박혀 있던 고정 관념이 하나씩 허물어지며 새로운 가치관과 신념이 만들어진다. 또한 사람과 사랑, 삶을 새로 맞이하기 위해 새로운 다짐이 생기기 시작한다. 그 다짐을 행하려 노력하고, 자신과의 약속을 지키려 애를 쓴다.

5. 시간이 빠르게 간다

금세 하루가 지나고, 일주일이 지나고, 한 달이 지나간다. 달력을 넘기는 속도가 예사롭지 않음을 느낀다. 그만큼 열중하며 지냈고, 부단히 달려왔다는 방증일 것이다. 더 좋은 날이 오기 위한, 더 밝은 미래를 맞이하기 위한 준비의 일환이리라. 그러니 요즘 유독 시간이 빠르게 흐른다고 느껴진다면, 그만큼 잘 살고 있다는 증거로 받아들이면 된다.

곧 도착할 선물

더할 나위 없는 행복

마음이 든든해지는 사랑

웃음이 멈추지 않는 순간

걱정이 사라지는 행운

멈출 줄 모르는 끈기

무엇이든 해낼 수 있는 용기

낭만을 즐길 수 있는 여유

선물이 곧 도착한다고 합니다

사람 온기

삶에 무료함이 찾아와 꺼지지 않을 것 같았던 열정의 불씨가 천천히 흩어지며 사그라질 때, 남은 불씨까지 사라지지 않게끔 곁에서 안온한 손길을 내미는 사람이 있다. 막막한 상황 속에서도 작은 희망의 불씨 하나 정도는 꺼 두지 말라며, 본인의 온기를 나눠 주는 고마운 사람들. 완전히 소진되지 않도록 장작을 때어 주고, 숨을 불어 주며, 꺼져가는 불씨를 되살리는 주변의 따뜻한 애정.

고맙습니다.
그 온기 덕분에 다시 타오를 수 있었습니다.
다시 살아갈 용기가 생겼습니다.

모든 것에는 유효 기간이 있다

　모든 것에는 유효 기간이 있다고 믿는다. 인간관계에서 생긴 오해를 이해로 바로잡을 수 있는 기간, 바라던 일을 이룰 수 있는 기간, 하다못해 좋아하는 사람에게 마음을 전할 수 있는 기간도 정해져 있다. 하지만 때때로 우리는 그 순간을 놓쳐 버린다. 나 또한 그랬다. 생각이 지나치게 많아서 내뱉은 말보다 입안에 머금은 말이 더 많았고, 머릿속으로 온갖 시나리오를 짜다가 기회를 날린 적이 한두 번이 아니었다. 삼키고 삼켰던 말은 결국 내뱉지도 못한 채 잊어버려야 했고, 미루고 미뤘던 일은 이루지도 못한 채 접어야 했으며, 또 아끼고 아꼈던 사랑은 결국 잡지도 못한 채 놓아 줘야 했다. 그러다 보니 내 의도와 반대로 일어나는 상황에 난처했던 적이 참 많았다.

놓쳐 버린 순간은 다시 오지 않는다. 유효 기간이 지나 상해 버리면 이전으로 되돌릴 수 없는 것처럼, 매사 아끼고 미루기만 해서는 안 된다. 순간을 잡는 것은 나의 몫이고, 놓치면 나의 탓인 거니까. 그러니 부디 주어진 기회 앞에서 망설이지 말기를. 행복할 수 있는 순간들이 멀리 도망가지 않도록 붙잡아 두기를. 후회가 남지 않도록 매 순간 최선을 다하기를 바란다.

삼키고 삼키다 이내 잊어버리지 않게.
미루고 미루다 결국 접어 버리지 않게.
아끼고 아끼다 끝내 놓쳐 버리지 않게.

Ⅱ

그럼에도

함께하는 순간이

있으니까요

좋은 사람 곁에는
좋은 사람이 따라온다

좋은 사람을 만나면 나도 좋은 사람이 되고 싶어진다. 관계의 소중함을 알고 함부로 상대방을 재단하지 않는 사람. 언행에 신중을 기하는 사람. 그런 사람은 곁에 있는 것만으로도 품성과 인성, 말투까지 닮고 싶다는 생각이 든다. 올곧은 성품을 다진 사람의 곁에는 올곧은 성품을 지지하는 사람이 있기 마련이다. 비슷한 사람들끼리 모여 지낸다는 것. 내가 바른 사람이 되면 곁에 바른 사람이 오고, 내가 곧은 사람을 곁에 두면 나 또한 곧은 사람이 되려 노력하게 된다. 그런 이들은 한데 모여 자신과 주변을 빛나는 사람들로 만들어 낸다.

그러니 나부터 좋은 사람이 되도록 노력해 보는 건 어떨까. 긍정적인 영향을 주고받으며 서로에게 올바른 됨됨이가 되어 볼 것. 비록 모두에게 좋은 사람이 될 순 없

을지라도, 누군가에겐 본받고 싶어지는 사람이 되기를
소망하면서 살아갈 것.

모두에게 착한 사람일 필요는 없다

　간혹 착한 사람이 건넨 친절을 당연한 호의이자 권리인 것처럼 덥석 받는 사람이 있다. 처음에는 고마워하던 이도 받는 것에 익숙해지다 보면 그 고마움을 모르게 된다. 사람이 참 간사하다. 베푼 호의가 끊기면 사람이 변했다며, 애정이 식었다며 매정하게 돌아서니 말이다. 착하다는 말은 무조건적인 희생과 헌신을 뜻하는 게 아니다. 그러니 함부로 대할 이유도, 건넨 호의를 당연하게 생각할 이유도 없다. 당신을 함부로 대하는 사람에게까지 친절을 베풀며 마음에 생채기를 내지 않았으면 한다. 나의 친절과 호의를 당연시하지 않는 사람, 작은 친절에도 고마워할 줄 아는 사람, 받은 고마움을 잊지 않고 보답하려는 사람에게 진심을 쏟아도 하루가 부족하다.

관계를 오래 지키기 위해서
알아 둬야 할 것

1. 말하기 전에 한 박자를 쉬어야 한다

말은 내뱉는 순간 주워 담을 수 없기 때문에 신중히 해야 한다는 것은 누구나 다 아는 사실이지만, 지키기 어려운 것 또한 사실이다. 그러다 관계를 잘 이끌어 가고 돈독하게 맺는 사람들은 한 박자를 쉬고 말한다는 사실을 깨달았다. 이 한 박자를 쉬는 동안 자신이 하려는 말의 모양새를 다듬는다. 모난 부분은 둥글게, 상황에 맞게 단어를 적절히 바꾸면서 말을 정제한다. 이는 상대를 향한 배려이자 진중한 자세로 말을 전달하려는 과정이다. 말하기 전에 한 박자를 쉬어야 한다는 것. 이를 염두에 두자.

2. 내가 한 배려는 진짜 배려가 아닐 수도 있다

상대방을 위한 행동이라 여겼던 것들이 사실 내 입장에서만 바라본 잘못된 판단일 수 있다는 걸 깨달았다. 도움이 필요하지 않은 사람에게 호의를 베푼다고 해도 배려라고 느끼지 않을 수도 있다는 것이다. 고로 우리는 늘 인지해야 한다. 내가 한 양보가 상대방에겐 베풂의 행동이 아닐 수 있음을. 상대방이 원할 때 해 주는 것이 진짜 배려라는 것을 말이다.

3. 거절은 나쁜 것이 아니다

거절하면 상대방에게 미안한 일을 하는 것 같고, 자신이 나쁜 사람인 것처럼 느껴질 수 있겠지만, 책임질 수 없는 영역에 대해서 단호하고 빠르게 거절하는 것만큼 자신과 타인을 존중하는 선택은 없다. 자기 의사를 확실하게 표현하는 사람이 대개 관계를 오래 유지한다.

4. 지키지 못할 약속은 애초에 하지 말아야 한다

"지키지 못할 약속은 하지 말 것." 나의 오랜 신념이자 관계를 지키는 방법의 하나다. 약속은 곧 신뢰와 직결되는 것이기에 함부로 잡지 않는 편이다. 약속을 중요하게 생각하는 사람은 그만큼 상대방을 존중할 줄 알며, 그들이 내어 준 시간과 마음, 말의 무게를 알아주는 사람이다. 지키기 어려울 것 같은 약속은 애초부터 잡지 않는 편이 낫다. 그래야 본의 아니게 신뢰를 깨뜨릴 수 있는 상황이나 의義를 상하게 할 수도 있는 일을 피할 수 있다.

5. 생각 차이를 존중한다

모든 사람의 의견이 같을 수는 없다. 사람마다 기질과 성격, 자라 온 환경, 가치관과 신념이 다르므로 견해에 차이가 있을 수밖에 없다. 나와 비슷한 면이 있어서 의견이 통일되는 사람이 있는가 하면, 나와 정반대의 성격이라 다른 의견을 가지는 사람도 있기 마련이다. 이를 존중하고 인정하려는 자세가 필요하다. "그런 생각을 했었구나. 그렇게 생각할 수도 있겠다." 하며 존중하고, 내가 한 생각과 다를 수 있음을 인정한다면 관계를 더욱 오래 유지할 수 있을 것이다.

6. 다 맞춰 주는 관계가 좋은 관계는 아니다

상대방에게 맞춰 줄 때 기본 전제는 '자신의 것을 선뜻 내어 줘도 아깝지 않은 정도로만' 해야 한다는 것이다. 나의 시간과 상황, 도울 수 있는 여력을 헤아리지 못한 채 닳아 없어질 정도로 과하게 내어 주는 행위는 스스로를 해치는 행동이다. 이런 상황이 반복된다면 관계의 주도

권은 상대가 쥐게 된다. 모든 것을 맞춰 준다고 해서 상대가 매번 고마워할 거란 생각을 버려야 한다. 받는 것이 반복되면 익숙해지기 마련이고, 당연하게 받아들이는 것은 사람이 가진 이기적인 본성이므로.

7. 관계에서도 덜어 내는 연습이 필요하다

관계가 갈수록 버거워지는 이유는 무언가를 덜어 내기보단 자꾸만 더하려 하기 때문은 아닐까. 과한 기대와 괜한 욕심, 불필요한 관심과 감정, 쓸데없는 걱정 같은 것들. 관계에서도 덜어 내는 연습이 필요하다. 양팔 저울을 두고 상대를 향한 것과 나를 향한 것 사이에서 균형을 이루어야 한다. 한쪽으로만 기울어진 관계는 결코 오래가지 못한다는 것을 명심하길. 만약 어떤 관계가 버겁게 느껴진다면, 상대에게 너무 많은 것을 기대하고 있는 것은 아닌지, 혹은 내가 과도하게 불필요한 짐을 짊어지고 있는 것은 아닌지 점검해 볼 필요가 있다.

흘러가는 대로

　많은 사람을 곁에 두면, 그만큼 더 넓은 사람이 될 것이라 믿었다. 그래서 잘 맞지 않는 사람들까지 애를 쓰며 곁에 두려고 했다. 갈등을 피하고자 타인의 의견에 따를 때도 있었고, 모든 시선을 상대에게 맞추느라 스스로를 희미하게 만든 적도 있었다. 하지만 이제는 나를 잃으면서까지 억지로 관계를 이어 나가지 않는다. 아무리 잘 맞는 사람이라도 작은 균열 하나 때문에 사이가 멀어지기도 하고, 성향이 다른 사람과도 언제 그랬냐는 듯 가까워지는 게 인간관계니까. 그러니 오고 가는 이어짐 속에 흔들릴 필요도, 굳세게 힘을 줄 필요도 없다. 자신을 잃으면서까지 유지하려는 관계는 결코 좋은 관계가 아니다. 진정하고 솔직한 관계는 흘러가는 대로 두어도 곁에 남는 법이다.

'우리'라는 존재

내 고민과 힘듦을 들어 주는 사람이 곁에 있다는 건 참 든든하다. 예전엔 끙끙 앓으며 뭐든 혼자 해결하려 하곤 했는데, 누군가에게 용기를 내서 털어놓으니 마음이 한결 편안해지는 걸 느꼈다. 누군가에게 기대는 것이 마냥 약한 사람으로 비치거나 상대에게 피해와 부담을 준다고 생각할 수 있다. 하지만 소중한 이에게 기댐으로써 마음도 편해지고, 때로는 생각지 못했던 해결책을 얻을 수도 있다는 것을 깨달았다. 서로에게 위로와 힘이 되어 주기도 하고, 그 속에서 찾은 비슷한 고민과 힘듦이 누구나 겪는 일이라는 동질의 위안과 공감도 되고.

그러니 힘이 들 땐 서로 기대고 의지하며 살아가자. 참지 말고 털어놓자. 당신 곁에는 고민을 들어 줄 사람도, 말해 주길 바라는 사람도 있다는 것을 잊지 않았으면 한다. 사람은 혼자일 때보다 '우리'일 때 더 빛나는 존재이다.

그런 사람이 되기를

새것의 깔끔함보다
헌것이 지닌 특별함을 소중히 여기는 사람이 되기를
다정하지만 때로는 단호할 줄 아는 사람이 되기를
이전의 나를 잊지 않고
초심을 잃지 않는 사람이 되기를
언행이 일치하는 사람이 되기를
좋아하는 것에 최선을 다하는 사람이 되기를
마음껏 표현하는 사람이 되기를
누군가의 등불이 되어 주는 사람이 되기를
지나간 것에 미련을 두지 않는 사람이 되기를
소중한 것을 나눌 줄 아는 사람이 되기를
기적을 바라기보다 기회를 잡는 사람이 되기를
나에게 충실한 사람이 되기를
기억을 추억하는 사람이 되기를

결이 같은 사람에게
마음이 가는 이유

한 방향으로 흐르는 물결처럼, 결이 같은 사람은 가치관과 생각이 서로 비슷한 곳을 향해 흐른다. 마음이 통해서 눈빛만 봐도 어떤 감정을 느끼는지, 무슨 생각을 하는지 금방 알아차릴 수 있다. 표정만 보아도 어떤 하루를 보냈는지 읽어 내는 사람. 같이 있으면 편안하고 의지가 되는 사람. 행복의 방향도, 슬픔의 정도도, 아픔의 깊이도 비슷해서 서로를 보듬어 줄 수 있는 사람. 그런 결이 같은 사람에게 곁을 내주고 싶다.

사람을 귀하게 여기는
사람들의 특징

1. 사람을 함부로 대하지 않는다

"너의 생각을 존중해.", "너의 감정을 수용해."의 사고방식으로 다가가며, 주변 사람에게 좋은 인상을 심어 준다. 신중과 존중이 스며든 말을 건네고, 말과 행동에 섣부름이 없다. 거칠고 날카로운 말과 행동은 반드시 부메랑이 되어 자신한테 되돌아올 것을 알기 때문에 상대방에 대한 예의를 갖추는 것. '매너가 사람을 만든다.'라는 어느 유명한 영화의 명대사처럼.

2. 감정 조절을 잘한다

높은 통찰력으로 상황의 흐름을 잘 파악하고, 때에 맞게 감정을 적절히 조절할 줄 안다. 순간적인 감정의 동요를 경계하며, 감정의 원인을 누구의 탓이 아니라 나의 탓으로 여긴다. 이를테면 '상대가 나한테 기분 나쁘게 말했기 때문에' 화가 난 것이 아니라 '상대가 한 말을 내가 기분 나쁘게 들었기 때문에' 기분이 언짢았던 것으로 생각하는 것. 이처럼 감정의 근원을 타인이 아니라 자신에게서 찾으려고 한다.

3. 욕심으로 살찌우지 않는다

자신의 그릇에 넘치도록 무언갈 탐내고 소유하려 하지 않는 용기를 가지는 것. 자신보다 무르고 선한 사람의 마음을 제멋대로 쥐락펴락하지 않는 것. 욕심을 부리면 내 뜻대로 이루어질 거라는 생각을 하지 않기 때문에 날이 선 욕망으로부터 한 발짝 뒤에 설 수 있다. 욕심에 용량 제한을 두는 사람들.

4. 거짓 공감을 하지 않는다

공감할 때 정말 그 사람의 입장이 되어서 진심 어린 마음을 표현하는 것. 마주하는 얼굴에서, 전달하는 목소리에서, 맞잡은 손의 온도에서 그의 투명한 마음이 전해진다. 열린 눈과 귀와 입이 "나는 당신의 이야기를 귀담아서 듣고 있어요."라 말해 주며, 최선을 다해 집중하려는 모습을 보이는 것뿐만 아니라 정성을 다해 진심을 전하려고 한다.

5. 마음의 건강을 잘 챙긴다

정서적 허기가 느껴질 땐 내면을 포만하게 해 줄 만한 것들을 찾아 나선다. 마음의 배고픔과 목마름이 지속되면 쇠약해질 수밖에 없기에 허기진 마음을 달랠 무언가를 찾는 것이다. 지루해진 마음엔 열정을 다시 지필 만한 장작을 때어 주는 것. 흥미가 사라진 마음엔 새로운 재미를 붙일 만한 취미를 만들어 보는 것. 불안으로 가득한 마음엔 평안을 느낄 만한 안정적인 환경을 조성해 주는 것. 그렇게 부족한 부분을 진단하고, 메꿔 줄 만한 것들을 처방하면서 내 마음이 건강해질 수 있도록 노력한다.

6. 약속의 무게를 결코 가볍게 여기지 않는다

약속을 하고, 그것을 온전히 행함으로써 얻어지는 관계의 끈끈함을 소중히 여길 줄 아는 사람이다. 그래서 약속에 대한 태도가 사뭇 진중하다. 가볍게 이루어지는 일회성 언행에서 그치는 것이 아니라, 다음으로까지 이어질 수 있는 신뢰의 연결 다리를 만드는 것. 가벼이 사라질 만한 단발성으로 여기는 것이 아니라, 그 후에도 있을 무수한 약속의 문까지 열어 두는 것. 이들은 언어의 무게만큼이나 약속의 무게를 무겁게 측정한다.

7. 나를 사랑하는 만큼 남도 사랑할 줄 안다

나를 아끼는 만큼 남도 아낄 줄 알고, 나를 믿는 만큼 남도 믿어 줄 줄 아는 사람. 받은 사랑을 고스란히 보답할 줄 아는 사람. 소중함의 정도를 자신과 타인에게 골고루 분배할 줄 아는 사람. 이들은 내면으로 향하던 사랑의 방향을 나에게서 너에게로, 너에게서 우리에게로, 우리에게서 모두에게로 두며, 사랑이 가진 영향력을 멀리 전파한다.

후광이 비치는 사람

　내면을 미용하는 사람은 겉을 꾸미지 않아도 멋있다는 말이 자연스레 나온다. 때에 따라 걸치는 옷이 다르듯, 마음에 맞는 옷을 갖추는 데 능하고, 내면을 가꿀 때 그 가치가 더욱 드높아지는 것을 안다. 이들은 겉치레보다 속치레에 더 신경을 쓴다. 값비싼 명품보다 인품이 진국이라는 것을 알기에 거품을 줄이고 기품을 높인다. 몸의 품격을 높이는 데 신경을 쓰기보단, 말의 품격을 높이는 데 힘을 쓴다. 그것이 사람의 품위를 높이는 길이라는 걸 깨달았기 때문에 그리 행하는 것. 이런 사람에게선 후광이 비칠 수밖에 없다. 넘볼 수 없는 기품과 아우라가 느껴지고, 존경스러움과 본받고 싶은 마음이 샘솟는다. 이렇듯 사람의 품위는 겉에서 나오는 게 아니다. 진정한 품위는 말과 마음에서 뿜어져 나오는 것이다.

톨레랑스

톨레랑스 tolerance : 자기와 다른 신앙과 사상, 행동 방식을 가진 사람을 용인한다는 프랑스어로, 타인을 너그럽게 이해하고 서로 다르다고 무시하거나 차별하지 않고 인정한다는 뜻.

톨레랑스가 가장 잘 묻어나는 문장을 하나 고르자면, '그럴 수도 있지.'가 아닐까. 이 짧은 문장 안에는 '관용', '포용', '평등', '무차별', '자유', '용서'가 한 글자, 한 글자씩 녹아 있다. 상대를 이해하고자 하는 노력이 스며 있고, 존중하는 태도가 담겨 있다. 이는 우리가 사는 현대 사회에서 가장 필요한 미덕이지 않을까 싶다. 각자의 개성이 점점 뚜렷해지는 만큼 그것을 포용하기 위한 노력, 자유를 존중하기 위한 자세가 필요하다고 생각한다.

하지만 '그럴 수도 있지.'라는 문장은 누구에게 쓰였는지에 따라서 느낌이 달라진다. 타인에게 쓰일 때는 상대의 잘못을 용서하려는 느낌이지만, 자신에게 쓰일 때는 나의 잘못을 인정하지 않으려는 느낌이기 때문이다.

이 문장을 나를 향해 부적절하게 쓰지 않도록 해야지. 나를 보호하는 방패로 삼지 않아야지. 나의 실수를 덮기 위해 잘못을 뉘우치지 않는 뻔뻔한 사람은 되지 말자고 다짐하고 또 다짐한다.

나는 당신을 다시 봅니다

'다시 본다.'라는 문장에는 긍정적인 것과 부정적인 것, 양가성의 뜻이 담겨 있다. 예컨대 책을 읽다 보면 이해가 잘 되지 않아 처음부터 다시 읽게 하는 문장이 있는가 하면, 너무 마음에 와닿아 다시 읽게 하는 문장도 있기 마련이다. 똑같이 다시 본 것이지만 상황에 따라서 그 이유가 극명하게 갈린다.

사람과의 관계에서도 두 가지의 경우가 존재한다고 생각한다. 함께 가는 게 맞을까 하는 의문과 회의감으로 인해 다시 보게 되는 사람이 있는가 하면, 그 사람이 가진 장점과 강점이 너무 좋아 다시 보고 싶어지는 사람이 있기 마련이다.

당신 주변에도 두 가지로 나뉘는, '다시 보고 싶은' 사람이 있을 것이다. 정확히는 '다시 봄'으로써 곁에 두고 싶은 사람과 멀리 둬야 하는 사람이 보이는 것. '나와는 오래 가지 못하겠구나.', '함께 하기엔 아주 어렵겠다.'라는 생각이 드는 사람이라면 주저 말고 과감히 뒤돌아서는 것이 이로울지 모른다. 반대로 계속 보고 싶게 한다거나 좋은 점들이 자꾸 눈에 들어와서 함께 하고 싶은 사람이라면 그런 친구를, 그런 연인을, 그런 귀인을 오래오래 곁에 두고 다시 보기를 바란다.

관계의 이상형

여러 사람과 자주 마주할수록 관계의 이상형이 점점 더 뚜렷해진다. 단 한 사람을 만나더라도 깊고 오래 갈 수 있는 사람, 침묵과 정적이 어색하지 않은 사람, 특별한 대화거리가 없어도 일상적인 대화가 잘 통하는 사람과 깊은 유대 관계를 맺고 싶어진다. 어떨 땐 천진난만하다가도 본업에 열중하는 모습을 보면 멋있고 존경스러워서, 주변 사람들에게 이런 사람이 좋다고 말하는 나를 발견하곤 한다.

관계의 이상형은 타인과 마주하는 수많은 경험을 통해 만들어진다. 이는 누구를 만나느냐에 따라 달라지기도 하고, 분명해지기도 한다. 만남과 이별의 반복, 수많은 장단점, 그 속에서 겹치는 접점. 호와 불호를 판별할 수 있는 눈은 이 과정을 통해 길러진다. 본인과 잘 맞는 사람, 그리고 원하는 관계의 방향을 찾고 싶다면 다양한 사람을 만나 보는 것이 중요하다.

꼭 잡아야 할 인연

겉모습만을 보고 판단하지 않고

나의 뒷모습도 보듬어 주고 안아 주는 사람.

웃음 뒤에 숨겨진 슬픔을 알아채는 사람.

깊이 감춰 둔 속마음을 털어놓으면 후련해지는 사람.

상대방이 건넨 진심에 점수를 매기지 않는 사람.

같이 있으면 이유 없이 즐겁고

오래 머물고 싶게 하는 사람.

내 안에 숨어 있는 보석을 발견해 주는 사람.

그로 인해 내가 더욱 빛날 수 있게 만들어 주는 사람.

나의 부족한 부분을 흠이 아닌

발전할 수 있는 가능성이라 여겨 주는 사람.

나를 소중히 대하고 아낄 수 있도록 격려하는 사람.

서로가 서로의 든든한 오른팔이 되어 주는 사람.

이 사람을 놓친다면 두고두고 후회할 것 같은 사람.

만일 나를 빛나게 해 주는 누군가가

당신 앞에 나타났다면

반드시 잡아야 할 소중한 인연이다.

오래 보고 싶은 사람

　오래도록 보고 싶은 사람이 있다. 현재 상황에 안주하지 않고, 더 발전하고 성장하기 위해 언제나 노력하는 사람. 자신을 뽐낼 줄 알지만 겸손이 묻어 있는 사람. 자신을 존중하는 사람. 그만큼 상대도 존중하는 고운 마음씨를 가진 사람. "고마워, 미안해." 같은 일상적 표현의 무게를 아는 사람. 이런 사람과 함께라면 그 어떤 어려움도 극복할 수 있을 것만 같다.

　부디 나도 누군가에게 오래 보고 싶은 사람으로서 함께할 수 있기를. 자주 보지 못해도 항상 기억 속에 있어, 다시 찾게 되는 사람이기를. "우리 또 보자."라는 말이 툭 튀어나오게 되는 사람이었으면 한다.

말을 예쁘게 하는
사람들의 특징

1. 감정 표현이 구체적이다

자신의 감정을 민감하게 알아차리고, 솔직하게 표현할 줄 아는 것. 즉 감정 표현의 폭이 넓고, 그 방식이 뚜렷하다. '고마움'과 '미안함', '속상함', '화남', '슬픔' 등의 감정을 표현할 때 그렇게 느끼게 된 계기나 이유를 구체적으로 상대방에게 말한다.

2. 상대방의 강점과 장점을 먼저 찾는다

사람의 성향을 잘 파악하며 관찰력이 좋다. 사람을 볼 때 그의 강점과 장점, 좋은 점을 먼저 찾으려 하고, 이를 칭찬이나 인정, 공감 등의 언어로 표현한다.

3. 부정에서 긍정으로의 언어 회로를 거친다

같은 말이어도 그만 듣고 싶은 말이 있는가 하면, 계속 듣고 싶은 말이 있다. 비슷한 뜻과 뉘앙스를 풍기고 있지만 어떤 방식으로 전달하느냐에 따라 듣는 사람의 기분이 달라질 수 있다는 것을 아는 것. 그래서 단어 선택에 신중을 기하고, 언어를 순화해서 말의 매무새를 좋게 다듬는다. "하지 마."가 아니라 "하지 않는 게 너에게 도움이 될 것 같아."처럼, 뾰족하고 날카로운 말을 다듬어서 둥글고 원만하게 표현한다.

4. 마음과 말의 온도를 맞춘다

마음과 말을 동일시한다. 마음이 전하고자 하는 것과 말로 표현하는 것이 서로 일치하는 것. 따스한 마음을 전할 때는 따뜻한 말투로, 위로의 마음을 전할 때는 격려의 말로 어루만지는 것. 마음과 말 중 어느 한쪽이 지나치게 뜨겁거나 차갑지 않게 조절해서 상대방이 편안하게 듣고 느낄 수 있도록 세심하게 온도를 맞춘다.

5. 대화의 기술을 익히고 연습한다

원만한 대화법은 노력의 영역이다. 내가 아는 지인은 매끄러운 대화를 위해 유튜브에서 화법과 관련한 영상을 찾아본다고 한다. 말의 습관은 한번 입에 배기 시작하면 쉽게 고칠 수 없는 것이기 때문에 계속된 연습과 노력이 필요하다. 스스로 고치고 싶은 어투나 말버릇을 점검해 볼 것. 그리고 배우고 싶은 말투를 모방하여 따라 해 볼 것. 한번 해 보고선 안 된다고 포기하지 말고, 점진적으로 횟수를 늘려 가며 자연스럽게 입에 배도록 꾸준히 노력해 볼 것. 이러한 과정을 거치고 나면 나도 모르는 사이에 화법이 바뀌어 있고, 더불어 자신만의 표현법도 생길 것이다.

말의 풍미

　말이라는 건 받아들이기 나름이다. 말하는 이의 입장이 아닌 듣는 이의 입장에서 해석되기 마련이니까. 아무리 좋은 의도로, 좋은 뜻으로 건넨 조언이라도 듣는 사람이 좋지 않게 받아들인다면 불편한 간섭이 되어 버린다. 이를테면 "지금 너한테 필요할 것 같아서 준비했어."와 같은 도움의 말이라든가, "내가 보기엔 네가 이렇게 하면 좋을 것 같아."처럼 자신의 의견을 제시하는 말이 그렇다.

　사람은 기본적으로 자기중심적이기 때문에 말을 해석할 때 본인의 주관이 섞일 수밖에 없다. 좋은 의도로 말해도 기분 나쁘게 받아들여질 수 있고, 언짢게 말해도 상대가 기분 좋게 해석할 수 있다.

　각각의 입맛이 있듯, 말의 풍미를 느끼는 것도 사람마다 제각각이다. 같은 말이라도 어떤 이는 숨겨진 단맛을 강하게 느끼고, 어떤 이는 쓴맛을 더 짙게 느낀다. 뱉을지 삼킬지는 본인의 선택이자 자유인 것이다.

말하기 전에 듣는 이의 마음을 먼저 생각해야 한다는 것. 내가 하는 말이 상대에게 어떻게 가닿을지, 어떻게 받아들여질지를 생각한 후에 전해야 한다는 것. 이를 항상 염두에 두어야 한다.

1도 차이

사람을 안다는 건 참 어렵습니다. 점 하나 차이로 이해가 오해로 변질되고, 애정이 애증으로 변하는 것처럼, 마음을 나눈 사이여도 한순간에 관계가 끊어질 수 있습니다. 작고 사소한 것이 반복되고 겹겹이 쌓이면 둘 사이의 틈은 더 커지게 될 것입니다. 그렇기에 인간관계에 있어서 1도를 중요하게 생각합니다. 단 1도 차이로 끓는점과 녹는점이 달라지듯, 1도 차이로 방향이 틀어지듯, 그 미세한 차이가 서로의 온도를 바꾸고 사이를 점차 멀어지게 합니다. 결국 원활한 인간관계를 위해서는 1도의 미세한 변화를 빠르게 감지하고, 틀어진 관계를 바로잡아야 합니다. 한쪽이 멀어지면 다른 한쪽이 먼저 다가가고, 오해가 생긴 부분은 곧장 풀어 가며, 벌어진 사이를 좁히려는 노력이 필요하겠습니다.

인간관계에 피로감을
느끼고 있다는 증거

1. 기대를 안 하게 된다

그만큼 바라는 점이 없는 것. 어차피 무얼 해도 변하지 않을 걸 알기에, 어쩔 수 없는 상황이나 사정이 생겨도 나의 이해 밖의 일로 여기고 손을 놓아 버린 상태. 괜찮아질 거란 희망 대신 절망과 무기력함만 남아 버린 상태. 마음의 쓰임을 다한 탓에 이미 떠난 마음에는 미련을 두지 않는다.

2. 사람을 만나기가 점점 귀찮다

만남에 대한 귀찮음의 정도가 갈수록 더 심해지고, 사람과 대면하는 것에 부담을 느낀다. 이를 수치로 따졌을 때 1에서 10까지의 정도 중 10에 가까운 상태라면, 관계적으로 극심한 '심리적 소진'을 겪는 중일지도 모른다. 그러므로 현재 의욕이 없거나 인간관계에 소모할 에너지가 고갈됐다면, 피곤이 더 누적되기 전에 잠시 사람들과 떨어져 관계적인 피로를 풀어야 할 때다.

3. 대화에 소극적인 자세로 임한다

말하는 것에 감정 소모가 커져 대화를 주도하지 않게 된다. 그래서 말수가 점점 줄어들고 대화가 버겁게 느껴질 뿐만 아니라, 사람에 대해 궁금한 것이 적어지고, 궁금증을 갖는 것조차 귀찮다고 여겨 버린다.

4. 다음을 생각하지 않는다

'될 대로 돼라'는 식의 사고가 지배적이다. 책임을 지고 싶지 않은 마음에 다음을 기약하지 않고, '자포자기' 상태에 빠져 관계를 개선하려는 노력을 하지 않는다.

5. 혼자 있는 시간이 편하고 좋다

타인에게 할애되었던 시간을 이제 나를 위해 쓰려고 한다. 다른 이에게 마음과 시간, 감정을 쓰는 것이 아깝게 느껴지고, 방해받고 싶지 않아 아무도 없는 고요한 곳을 찾게 된다. 아무나 들어올 수 없는 내 방이나 사람의 발소리가 적은 인적 드문 공원, 풀 내음이 가득한 숲처럼 치유될

수 있는 곳으로 떠나고 싶어진다. 소음이 사라진 짙은 새벽
이 가장 좋아지는 때.

　그만큼 많이 지쳤다는 증거가 아닐까.
　때로는 관계에 쉼표를 찍어야 할 때도 있는 법이다.

관계의 기준점

사람과의 관계에서 기준점을 확실히 두려고 노력한다.

가까워지는 것과 멀어지는 것.

편안한 것과 불편한 것.

더해야 하는 것과 덜어 내야 하는 것.

챙겨야 하는 것과 내버려 둬야 하는 것.

허용할 수 있는 것과 용납할 수 없는 것.

이 둘의 경계선을 뚜렷하게 정하려 한다.

상처를 쉽게 허락하지 않기 위해서.

한쪽으로 기울어진 관계가 되지 않기 위해서.

관계의 안정을 위해서.

마침표를 찍은 뒤엔

영원할 것 같았던 사람도, 사랑도, 언젠가는 마침표를 찍는 날이 온다. "안녕?"으로 시작한 인사가 "안녕."으로 끝나는 순간처럼. 둘도 없는 친구가 한순간에 뒤돌아서고, 마음을 나누던 내 편이 남이 되어 서로를 등지는 때가 오고야 만다. 참 두렵기도 할 것이다. 누군가를 만나고, 사랑하고, 온 마음을 다해 자신을 내어 준다는 게. 언제 떠날지도 모를 관계를 가냘픈 손으로 붙잡고 있는 게. 하지만 가는 인연이 있으면, 오는 인연도 있다. 마침표를 찍은 자리에 오는 공허함은 잠시 띄어져 있는 것일 뿐, 그 자리에 곧 새로운 문장이 쓰일 것이다. 만약 지금 마침표가 찍혔다면, 머지않아 그 빈자리를 채워 줄 새로운 인연이 올 것이다.

"안녕?"이라 인사하면서.

섬을 떠나야 섬이 보인다

우연히 본 교양프로그램에서 한 강연자가 말했다.

"섬을 떠나야 섬이 보인다."

인간관계에서 필요한 거리감을 역설적으로 표현한 문장이다. 친구든, 연인이든, 가족이든, 비로소 거리를 두었을 때 보이는 게 있다고 설명했다. 가슴에 세게 내리꽂힌 이 문장을 나는 꽤 오랫동안 곱씹었다. "섬을 떠나야 섬이 보인다."라, 맞는 말이다. 섬을 섬이라고 인지하려면 그곳을 벗어나야 알 수 있다. 내가 있던 곳이 섬이었다는 것을.

그러고 보면 무언가 내게서 멀어지고서야 깨닫게 되는 것들이 있다. 문득 한 기억의 장면이 떠오른다. 가장 친한 친구와 절교를 선언할 정도로 심하게 다툰 후, 석 달 가까이 연락을 하지 않았던 적이 있었다. 하루도 빠짐없이 안부를 주고받고 시시콜콜한 농담을 나누던 친구였는데, 어떻게 서로 석 달이나 연락을 끊고 지냈던 건지. 그 친구나 나나 단단히 마음이 돌아섰었나 보다. 다툼의 이유도 지금 생각해 보면 별거 아닌 일인데, 그때는 뭐가 그리 심각했었을까. 서로의 근황도 모른 채 지내던 어느 날, 그 친구로부터 문자 한 통이 와 있었다. 생일 축하한다는 말과 함께 온 '보고 싶다'는 네 글자. 짧지만 강한 한마디였다. 그 문자 한 통을 계기로 그간 내비치지 못했던 서운함과 미안함, 그리움과 고마움을 모두 표현하였다. 그날 이후, 우리는 멀어졌던 시간이 무색하게 빠른 속도로 다시금 가까워졌고, 예전의 사이를 되찾았다.

사람의 마음은 발버둥을 치면 칠수록 흙탕물처럼 더욱 탁해진다. 그럴 때면 잠시 거리를 두어 감정의 파도가 잠잠해질 때까지 기다리는 것이 좋을지도 모른다. 멀어짐은 또 다른 이어짐이 되어 남아 있는 마음을 다시 매듭지어 줄 테니까.

가까이 있으면 더 자세히 볼 수 있을 것 같지만, 실은 그 대상의 반쪽밖에 보지 못하는 격이다. 가끔은 먼발치에서 그 대상의 일부가 아닌 전체를 바라보려는 시각도 필요하다. 관계에 있어서 멀어짐은 이어짐의 끝이 아니라 재시작을 의미하기도 하니까. 대상의 전체를 객관적으로 바라보는 시선은 서로의 마음을 재정립할 수 있는 시간이 된다.

멀어짐의 시간이 지나면 보인다.
진짜 감정, 진짜 사랑, 진짜 인연이 보인다.

사랑도 이별했을 때 그것이 사랑이었음을 깨닫듯,
우정도 절교했을 때 그것이 우정이었음을 깨닫듯,
사람을 떠나야 사람이 보이고,
마음을 떠나야 마음이 보인다.
그 형태가 진짜였는지, 아니면 가짜였는지도.

"섬을 떠나야 섬이 보인다."
나는 이 문장을 오래 기억할 것이다.
관계의 반쪽이 가려져 보이지 않을 때,
이 문장을 꺼내어
미처 보지 못했던 반쪽을 바라볼 것이다.

진정한 내 사람은
먹구름이 낄 때 온다

　마음을 다 쏟아 내도 어차피 떠날 사람은 떠나고, 곁에 있을 사람은 곁에 남는다. 아무리 애를 써 불러 봐도 돌아설 사람은 돌아서고, 다가올 사람은 다가온다. 그러니 오고 감에 너무 흔들리지 말자. 진정한 내 사람은 먹구름이 낄 때 오기 마련이니까. 장대비를 맞고 훌쩍이지는 않을까 걱정하며 등 뒤에서 조용히 우산을 들고 서 있는 사람이, 억지로 바꾸려 하지 않아도 있는 그대로의 모습을 묵묵히 바라봐 주는 사람이, 감추어져 있는 어스름 속에서도 희미하게 빛나는 진가를 알아봐 주는 사람이, 먹구름이 맑게 걷힐 날을 함께 응원해 주는 사람이 당신 곁으로 오고 있다.

곁에 두고 싶은 사람

자신의 일에 열정을 다하는 사람. 말의 무게를 알고 세심하게 말하는 사람. 알아갈수록 더 깊은 대화를 나누고 싶은 사람. 상대방의 상황과 속마음을 잘 알아차리는 사람. 부담스럽지 않게 표현의 농도를 조절할 줄 아는 사람. 같이 있으면 설레고, 곁에 없어도 안정감을 주는 사람. 공감을 잘해 주면서도 현실적인 조언 또한 스스럼없이 해 주는 사람. 사람을 소중히 여길 줄 아는 사람. 이성과 감성을 동시에 겸비한 사람. 건강한 생활 습관을 지닌 사람. 넓은 시선으로 숲을 내다볼 줄 아는 사람. 완벽함 속의 작은 빈틈이 너무 귀여운 사람. 서로가 가진 좋은 점을 배우며, 함께 성장할 수 있는 사람. 그리고 내가 가진 본연의 색을 존중해 주는 사람. 그런 사람을 곁에 두며 함께 나아가고 싶다.

내 편이 있다는 건

나의 연약한 부분을 보여 줘도 전혀 부끄럽지 않은 것.
혼자서는 해결하지 못할 부분을
서로 함께 헤쳐 나갈 수 있는 것.
잡을 손과 기댈 어깨가 있다는 것.
길을 잃고 헤매지 않도록
길목을 밝혀 주는 사람이 있다는 것.
나와 주변을 사랑하게 하고
그로 인해 내면에 사랑이 충만해지는 것.

이처럼 내 편이 있다는 건 존재만으로도 소중하고 값진
것이다. 덕분에 오늘을 잘 보낼 수 있었고, 내일을 살아갈
수 있게 하며, 또 다른 미래를 꿈꾸게 하는 고마운 사람이
기 때문이다.

정이 가는 사람

　이런 사람에게 유독 정이 간다. 받은 정성에 진심으로 고마워하고 보답할 줄 아는 사람. 일상에서 느낄 수 있는 기쁨과 행복을 함께 만들어 가는 사람. 내 몫도 중요하지만, 타인을 위해 선뜻 양보할 줄 아는 사람. 말이 주는 힘을 믿고 격려와 응원을 아끼지 않는 사람. 겉모습을 꾸미는 데만 집중하는 것이 아니라, 내면의 아름다움도 가꾸려는 사람. 힘든 일이 생기더라도 극복하려고 노력하는 사람. 타인이 가진 장점을 보고 배우려는 사람. 다른 사람에 대한 험담을 멀리하는 사람. 자신의 의견만을 앞세우는 게 아니라, 타인의 속마음 또한 존중해 주는 사람. 그런 사람에겐 나도 모르게 정이 가고, 내 마음도 나누고 싶어진다. 내 전부를 줘도 전혀 아깝지 않다.

우정과 사랑의 출발선

서로를 알아 간다는 건 하나의 점에서 시작된다. 처음엔 호기심이 찍은 작은 점이었다가, 그 점들이 모여 나와 너의 공통점을 선으로 만들고, 그 선들로 모양을 그리며 우리만의 특별한 면을 만들어 가는 것. 그 공간에서 오고 간 대화가 또 다른 통로를 만들어 마음의 차원을 점점 넓혀 가는 것. 이처럼 사람의 마음은 호기심으로부터 시작하고 발전한다. 상대방에 대한 물음표를 계속 그리고, 서로의 취향을 함께 나누면서 말이다. 비밀을 공유하는 친구가 생기고, 마음을 나누는 사랑스러운 연인을 만나게 된 것도 서로에 대한 궁금증이 자아낸 관계의 발전이 아닐까. 무릇 호기심은 우정과 사랑의 시작점이자 출발선이다.

물음

너는 어떤 삶을 살아왔어? 살면서 무엇을 가장 중요하게 생각해? 절대 포기할 수 없는 게 있다면 무엇이야? 꼭 이루고 싶은 소원이 있어? 사람들에게 어떤 사람으로 기억되고 싶어? 살면서 가장 행복했던 순간은 언제야? 너를 행복하게 해 주는 건 뭐야? 내가 한 것 중에서 가장 칭찬해 주고 싶은 건 무엇이야? 도전해 보길 잘했다는 생각이 들 정도로 큰 보람을 느꼈던 적이 있어? 가장 지우고 싶은 기억이 있어? 힘들 때 가장 듣고 싶은 말이 있다면 무슨 말이야? 힘이 되었던 위로의 말이 있었어? 만일 나에게 하루의 시간이 주어진다면, 제일 먼저 무엇을 하고 싶어? 마음이 답답할 땐 어디로 떠나고 싶어? 나에게 특별한 선물을 준다면 어떤 선물을 주고 싶어? 어떤 계절을 좋아해? 그 이유는 뭐야? 계절이 바뀔 때면 무슨 생각을 해? 좋아하는 단어가 있어? 지금 뭐 해? 밥은 든든히 잘 챙겨 먹었어? 오늘 하루는 너에게 어떤 날이었어? 잘 잤어?

처음 만났을 때보다 더 궁금해졌다.

MBTI가 어떻게 되세요?

　오늘날 MBTI는 사람들 사이에서 뜨거운 관심을 받고 있다. 예전에는 혈액형과 별자리에 근거하여 상대방의 성향이나 성격을 어림짐작하여 구분했지만, 요즘에는 MBTI가 인간관계에서 중요한 기준으로 자리 잡고, 인연을 판가름하는 척도가 되어 버린 것 같다. 나와 다름의 정도를 파악하는 참고 자료로 사용되고 있다고 해도 과언이 아닐 정도니 말이다. MBTI가 지닌 이점은 상대방의 성격과 성향을 미리 가늠해 볼 수 있다는 점과 상대가 보인 행동의 이유를 이해할 수 있다는 점, 그리고 함께 어울릴 방법을 모색할 수 있다는 점이다.

　그렇지만 MBTI에 지나치게 몰입하는 것은 오히려 인간관계를 해칠 수 있다. MBTI는 스스로 평가한 성향일 뿐이다. 아무리 검증된 검사라 하더라도, 상황이나 변화된 가치관에 따라 결과가 언제든 달라질 수 있기 때문이다. 그래서 나는 상대에 대한 편견이나 선입견을 가지지 않기 위해 지나치게 몰입하거나 의미를 부여하지 않으려 노력하는 편이다. 사람의 성격은 칼로 무 자르듯 반듯하게 구분 지을 수 없다. 일할 때와 휴식을 취할 때의 모습이 상반된 사람이 있듯, 친구와 있을 때와 가족과 있을 때의 분위기가 다른 사람도 있다. 그러므로 내가 알고 있거나 보았던 모습과는 충분히 다를 수 있다는 가능성을 열어 두어야 한다. 그리고 나와 반대의 성향을 보였다고 해서 무조건 피하거나 거리를 두는 것은 나의 성향을 상호 보완할 기회를 빼앗는 셈이다. 타인의 성격을 통해 내가 개선해야 할 부분을 배우고, 그와 함께 어울리면서 자연스럽게 나의 단점도 보완될 수 있다.

이제는 "MBTI가 어떻게 되세요?"라고 물어보며 획일화된 생각으로 상대를 구분 짓는 것이 아닌, "당신에 대해서 더 많이 알고 싶어요.", "당신의 이런 성격을 배우고 싶어요."라고 말하며 상대를 수용하고 싶다.

사람을 믿지 못하는 병

　기대와 실망이 반복되면 사람을 믿는 것이 점점 더 어려워진다. 가는 마음을 붙잡고, 단단히 문을 걸어 잠그는 것. 믿었는데 또다시 실망하게 될까 봐, 곁을 내주었는데 거듭 떠날까 봐 두려운 마음에 섣불리 다가가지 못하고 걸음을 멈추는 것. 지난 경험에 근거한 방어 기제가 자신을 통제하고 막아선다. 그렇게 무표정의 가면을 쓰곤 한다. 애초에 마음을 주지 않도록, 또한 받지 않도록. 불신은 사람을 계속 의심하게끔 했고, 그 의심에서 비롯된 불안의 증상은 더 심해지고 있었다.

　나는 이 병을 치료하기 위해 기대를 내려놓는 연습부터 한다. 사람에게 함부로 기대하거나 바라지 않는다. 또한 사람을 함부로 고치려 하지 않는다. 그러면서 마음의 근육을 키운다. 과거의 상처가 더는 같은 곳에 상처를 입

히지 못하도록, 마음이 상하지 않도록 단련한다. 내 마음
은 내가 지킬 수 있도록. 완치에 이를 수 있도록 연습을
거듭 반복한다.

모두에게 사랑받을 수는
없으므로

　세상에는 나를 좋아하는 사람과 사랑하는 사람, 행복을 바라는 사람과 시기하고 질투하는 사람, 싫어하는 사람과 미워하는 사람이 공존한다. 공동체 사회에서의 법칙이랄까. 나를 좋게 봐 주는 사람이 있으면, 그렇지 않은 사람도 있다는 말이다. 어딜 가나 꼭 한 명씩은 특별한 이유 없이 그렇게 느끼기도 하고, 어떤 특정한 연유로 인해 그런 감정을 품기도 한다.

　예전에야 모두에게 잘 보이고 싶은 마음에 나를 탐탁지 않아 하는 사람한테까지 내 마음과 정성을 쏟아 부으며 관계에 온 힘을 다했지만, 돌아오는 건 피로감과 상처뿐이었다. 결국 바뀌는 건 아무것도 없었고, 가장 소용없는 일은 혼자서만 바꾸려 애쓰는 일이라는 것을 깨달았다. 사람은 그리 쉽게 바뀌지 않는다. 더군다나 한 사람에 대한 평가

나 시선이라면 더더욱이.

모든 사람에게 애쓸 필요는 없다. 나를 싫어할 사람은 내가 어떠한 행동을 해도 끝까지 싫어할 것이고, 그로 인해 상처받는 사람은 나뿐일 텐데. 혼자서 애쓰는 게 과연 자신을 위하는 일일까. 나를 좋아해 주고, 소중히 대해 주는 사람에게 집중하며 애정을 쏟는 것이야말로 자신을 위하는 일이다.

우리는
누구에게나 사랑받을 수 있는 사람인 동시에
누군가로부터 미움을 받을 수도 있는 사람이라는 것.

이를 인정한 순간부터 관계에 힘을 빼기 시작했다.

멀리하고 싶은 사람

정도와 예의를 중요시하는 나는, 이런 사람을 되도록 멀리하고 싶다. 듣는 귀와 보는 눈을 가리고 자기 할 말만 하는 사람. 타인의 의견은 안중에도 없는 사람. 사람 귀할 줄 모르는 사람. 받은 것에 비례해서 딱 그만큼만 베풀려는 사람. 이기적인 행동을 에둘러 좋게 포장하려는 사람. 이런 이들과 함께 있으면 나에게까지 고르지 못한 성품이 옮을 것만 같다.

'근묵자흑近墨者黑'이다. 검은 먹을 가까이 두면 자신도 모르는 새에 검게 변하고 만다. 함께할수록 기운이 빠지고 피로감이 쌓여, 가까이 두는 것이 외려 독이 되는 사람들.

누군가에게는 좋은 사람일지라도 나와 맞지 않으면 결국 '흑'에 불과하니, 멀리하는 것이 나를 더 올곧게 할 수 있는 길이다.

엉킨 실타래

두 개의 실이 서로 얽히고설켰다. 엉킨 실을 풀려고 힘을 줄수록 심통인지 고집인지 오해의 지점이 꽉 조이니, 처음만도 못한 사이가 됐다. 오히려 풀지 않았을 때가 더 나았다. 그땐 적어도 비집고 들어갈 틈이라도 있었는데, 이제는 미세한 틈조차 허용하지 않겠다는 듯이 꽉 다문 이해의 문턱 앞에서 나의 노력은 힘없이 풀려 버리고 말았다. 엉켜버린 관계는 다시 돌이킬 수 없는 건가. 지금 우리 사이처럼. 그래, 미련 없이 잘라 버릴게. 너를 위해서도, 나를 위해서도. 설령 다시 잇는다 해도 이전처럼 완전히 하나라고 볼 순 없을 테니까. 그러니 너도 좀 편해지길 바랄게.

인간관계에서
조심해야 하는 부분

1. 관심과 간섭은 한 끗 차이다

관심에 불편함이 더해지는 순간, 간섭으로 변질되고 만다. "너를 위해서 해 주는 말이야.", "다 너 잘되라고 하는 말이야."와 같은 말은 상대의 기분을 좋게 해 주려는 의도에서 나온 말일 수 있지만, 실은 관심을 가장한 간섭인 경우가 대부분이다. 좋은 의도로 건넨 말이라도 상대가 불편을 느낄 수 있으니 조심하는 것이 좋다.

2. 나의 경험과 상대의 경험은 다르다

내가 자라 온 환경과 상대가 자라 온 환경은 다르다. 그리고 환경 속에서 얻은 경험도 모두 다 다르다. 그러므로 이를 수용하는 태도가 필요하다. 웃는 법을 모르는 사람에게 웃어 보라고 강요하고, 표현이 서툰 사람에게 과한 애정 표현을 요구하는 것은 옳지 못하다.

3. 의사를 올바르게 전달해야 한다

자신의 의사를 직접 만나서 전달할 때와 문자로 전달할 때는 분명한 차이가 있다. 직접 대면하여 대화를 나누면 개인이 가진 억양과 목소리 톤, 전하고자 하는 뉘앙스가 고스란히 전달되지만, 이를 활자로 옮기면 그 과정에서 뜻하지 않는 오해의 소지가 생길 수 있기 때문이다. 그래서 나는 되도록 만나서 이야기하는 것을 더 선호하는 편이다. 화해와 용서, 불만과 요구 등 본인의 의사를 분명하게 전달해야 할 때는 최대한 정확하게 표현할 수 있는 방식을 택하는 것이 좋다.

4. 첫 10분이 중요하다

첫인사부터 10분이 중요하다. 처음 나누는 인사와 대화 속에 그 사람의 인상과 인성이 드러나기 때문이다. 그 10분 동안 나눈 대화를 토대로 상대방과 오래 갈 수 있을지 없을지가 결정된다 해도 과언이 아니다. 10분을 잘 보내자. 첫인사와 첫인상은 깊이 각인되어 오래도록 마음에 남는다는 것을 기억하자.

5. 각자의 자율성을 존중해야 한다

매 순간 함께하는 것도 좋지만, 각자의 영역을 존중해 주는 것도 중요한 자세이지 않을까. 요즘은 특히나 개인적인 시간, 개인의 취향을 이해해 주는 분위기가 많이 형성된 것을 느낀다. 나와 남을 딱 자르듯 구분 지으라는 것은 아니지만, 각자의 자율성을 인정하고 존중하는 자세로 대한다면 서로 공생하며 지낼 수 있을 것이다.

대화는 마음의 열쇠

마음은 자동문이 아니라서 대화를 통해 그 문을 열어야 한다. 진심이 담긴 대화는 마음의 문을 열 수 있는 열쇠가 되고, 이는 곧 사람과 사람을 이어 주는 연결 고리가 된다. 즉 대화는 마음의 주고받음과 같은 것이다. 화나거나 속상한 마음을 주고받으며 마음속 응어리를 풀기도 하고, 기쁘고 즐거운 것을 함께 나누며 비슷하게 느꼈던 경험에 공감하기도 한다. 또 미처 몰랐던 새로운 모습에 놀라기도 하고 감탄하기도 하며, 서로에 대해 알아 가고 각자의 입장을 이해하게 된다. 이처럼 대화로 마음을 주고받다 보니 관계가 더욱 돈독해진다. 구멍에 맞는 열쇠를 넣어야 문이 열리는 것처럼, 진정성 있는 대화는 닫혀 있던 마음의 문을 열어 두 사람을 완전히 결속시켜 줄 것이다. 결국 마음의 열쇠는 대화에 있다.

필연이었던 인연

예상치 못한 순간에 필연적으로 다가오는 사람이 있다. 눈에 보이지는 않지만 분명하게 서로를 끌어당기는 묘한 끌림이 느껴지거나, "이제야 마주하게 됐구나. 꼭 만나야 하는 사람이었구나." 하는 느낌이 오는 사람. 처음 보는 사람인데도 오래 알고 지낸 것처럼 마음이 잘 맞고, 주고받는 대화 속에서 비슷한 취향을 발견하거나 배울 점을 찾기도 한다. 때론 가족보다 나를 더 잘 알아주는 사람을 만나 신기함을 느끼고, 1시간의 대화로 10년을 알고 지낸 친구보다 더 가까워지기도 한다. 어떨 땐 나도 모르게 나의 비밀스러운 부분까지 털어놓게 된다. 우연으로 시작했지만, 필연이었던 사람. 그 깨달음에 형용할 수 없는 감정을 느낀다. 말로는 설명할 수 없는 깊은 유대감과 묘한 안정감이 느껴진다.

언젠가 당신의 평범한 일상 속에서도 이렇게 특별하고 새로운 인연이 나타나지 않을까. 잠깐의 마주침이 이어짐이 되어 관계가 지속되고, 내 삶에 도움을 주는 귀인이 되거나, 평생을 함께할 나의 반쪽이 될지도 모른다. 만약 우연히 새로운 인연을 마주하게 된다면, 기꺼이 마음을 열고 맞이해 보기를 바란다. 어쩌면 필연일지도 모를 특별한 인연을 놓치지 않기를 바란다.

매력의 잔향

　본인의 매력을 잘 아는 사람은 스스로에게 솔직한 사람이다. 이들은 내면의 거울을 자주 들여다보며 자신이 원하는 것과 잘하는 것, 좋아하는 것을 누구보다도 더 잘 파악하고, 어떨 때 행복하고 즐거운지 안다. 자신을 깊이 탐구하는 사람은 자연스레 본인만의 매력을 발산하게 된다. 그 매력은 잔향처럼 퍼져 나가, 주변 사람들의 코끝을 간지럽히며 서서히 상대를 끌어당긴다. 그래서 사람들은 무릇 그 사람에 대해 더 알아 가고 싶어지고, 궁금증을 느끼곤 한다.

　그들처럼 탐구하는 시간을 가지며 나에게 좀 더 솔직해져야지. 당신한테서 풍기는 매력의 잔향처럼 나의 매력을 주변 사람들에게 더 알려야지. 계속 알아 가고 싶고, 궁금해지도록.

내 안의 나

내 안에는 나조차도 이해하지 못하는 내가 살고 있다. 내면의 나는 고독을 먹고 자라며, 스스로 만든 괴로움 속에서 살아간다. 그 속에서 나는 웃음보다 눈물에 더 가까운 사람이다. 행복보다 불안을 더 많이 느끼고, 시린 마음이 다칠까 봐 늘 두터운 담요를 덮고 산다. 숨은 나를 찾아낼까 봐 자주 숨바꼭질을 하면서도, 내심 누군가가 찾아주기를, 물어봐 주기를, 알아주기를 바라는. 그러면서 또 몰랐으면 하는 모순적인 사람이 산다. 나를 둘러싼 이해가 자칫 오해로 변질될까 봐 먼저 거리를 두면서. 그사이에 피어난 수많은 거짓과 진실을 끌어안으면서. 결국 스스로 외로움을 자초하면서 이 삶을 살았다. 진짜 내 모습이 아닌, 빛보다는 어둠에 가까운 나로서 지내왔다. 이제는 스스로가 만든 괴로움에서 벗어나고 싶다. 거울 속에 갇힌 내가 아닌, 거울 앞에 서 있는 나로 살아가고 싶다.

어떤 모습이어도 좋다

　사람들은 종종 가면 뒤에 자신의 진짜 모습을 숨기며 살아간다. 그 베일 속에는 누구에게도 보이고 싶지 않은 아픔이 감추어져 있을 것이다. 상처가 너무 깊어서, 자신의 결핍을 드러내고 싶지 않아서, 혹은 누군가를 믿기 두려운 마음에서 비롯된 것일지도 모른다. 그래서 미지의 영역을 자신만의 울타리로 가두고, 그 선을 넘는 것을 거부하는 것이다. 그렇게 선 밖에서만 실체를 보여 주려는 사람. 그러나 선 안의 모습이 궁금한 이가 용기 있게 턱을 넘으면, 먼저 다가와 준 것이 고마워서 조금씩 자신을 내비칠 것 같은 사람이 있다. 그런 사람을 보면, 더는 감추지 않아도 된다고 말해 주고 싶다. 어떤 모습의 민낯이라도 다 사랑해 줄 수 있으니, 내가 알던 당신과 다른 모습이어도 좋으니 다 보여 줘도 괜찮다고. 답답한 가면은 벗고, 함께 시원한 바람이나 쐬러 가자는 말을 건네고 싶다.

나답게 산다는 건

'답게'라는 무게가 점점 더 무겁게 느껴진다. 나이가 들수록 지위와 역할은 늘어나고, 이름을 대신할 다른 명찰을 달고 살아가야 하는 때가 많아진다. 이름에 붙는 갖가지 수식어들. 나로서 살아가기도 충분히 벅차고 힘이 드는데, 수식어까지 더해지니 그에 따른 책임감과 부담감이 버겁게 다가온다. 사회는 '답게'를 강요하며 나를 짓누르고, 그 중압감에 나는 가장 낮은 곳으로 깔리고 만다. 맏이답게 동생에게 양보하기를 권하고, 경력자답게 행동하기를 원하고, 어른답게 살아가기를 바란다. 직장에서는 직급에 맞게, 학교에서는 선후배와 선생과 제자의 위치에 맞는 자세를 요구한다. 그 누구도 나답게 살라고 얘기해 주지 않는 듯했다.

누구의 누구이기 이전에, 진정한 내가 있다. 그렇기에 우리 본연의 나를 결코 잊어선 안 된다. 무슨 일이 있어도 나를 뒷전으로 두지 말아야 한다. 나답게 살아가는 것. 내 이름을 자주 부르고, 기억하고, 나에게 귀를 기울이는 것이 무엇보다 중요하다. 수식어 없이 지낼 수는 있어도, 주어 없이 사는 건 아무런 의미가 없다.

상처의 출처

스스로가 낸 상처다.
속이 곪아 가는 줄도 모르고
마음의 멍을 방치해서 생긴 상처.
나보다 높은 벽을 세우고 세상과 등지면서 생긴 상처.
홀로 외로움을 참으면서 생긴 상처.
다정한 사람이 되고 싶어서 다 퍼 주다 생긴 상처.
남을 돌보는 만큼 나를 돌보지 않아서 생긴 상처.
남을 사랑하는 만큼 나를 사랑하지 않아서 생긴 상처.

결국 나를 다치게 한 것도, 그 상처를 외면한 것도
나였다.

기억될 사람

　사람들 앞에서 나의 새로운 모습이 드러날 때면, 나조차도 내가 낯설게 느껴진다. 내 이면의 모습들이 가면처럼 비치지는 않을까. 내 진심이 누군가에겐 가식으로 보이지 않을까. 이러한 생각이 나의 색을 하나씩 빼앗았고, 나는 점점 퇴색되었다. 나다운 게 도대체 뭘까. 어떤 모습이 진짜 나일까. 내가 가진 이면의 모습 또한 나일까. 흩어진 퍼즐 조각들을 모아 나를 맞춰 본다. 나는 어떤 사람으로 사람들에게 기억될까. 그 기억 속의 모습이 내가 아니더라도 좋아해 줄까. 그대로 바라봐 줄까.

모습의 모순

　내 안에는 너무나도 많은 모습이 있다. 혼자 있는 것을 외로워하면서도 혼자 있고 싶어 하고, 누군가가 나를 알아봐 줬으면 하면서도 한편으론 몰랐으면 했다. 사랑을 원하면서도 사랑이 간절하지 않았고, 사람과 어울려 지내는 것을 좋아하면서도 그들과 친해지는 것이 어려워 일정한 거리를 두곤 했다. 모습에 숨겨진 크고 작은 모순들. 이는 곧 나를 내향적으로, 또는 외향적으로 자주 탈바꿈시켰다. 그래서 그토록 간절히 바랐나 보다. 나의 모순적인 모습조차도 포용해 줄 사람을. 나를 칭칭 감고 있는 모순들로부터 해방시켜 줄 사람을. 그러한 모습까지도 '나'라는 사실을 알려 줄 사람을 말이다.

나를 부지런히 사랑하자

나를 위해 살아가겠다고 수없이 다짐했지만, 그 결심이 무너지는 날이 더 많았습니다. 내가 아닌 다른 이에게 시선을 두고, 불편한 관심을 무릅쓰며 내키지 않은 상황을 맞이한 순간이 잦았기 때문입니다. 나의 행복을 찾고 싶었지만, 결국 타인을 위해 살았던 탓입니다. 가장 중요한 것은 자신을 돌보는 일인데, 오늘도 나에게 관심을 주지 못하고 말았습니다. 이번에는 결단코 나를 외면하지 않으리라 수백 번 되뇌었건만, 또다시 뒤돌아서고 말았습니다.

다시 다짐해 봅니다. 나를 부지런히 사랑하자. 나를 위해 살아가자. 내 감정에 솔직해지고, 귀를 열어 마음의 소리를 들으며, 나에 대한 답을 찾아가자. 타인은 나를 이해하지 못할지라도 나만큼은 나를 이해하고, 믿어 주고, 아껴 주고, 돌보아 주자. 그렇게 나를 더 사랑하자고 말입니다.

취향으로 나만의 향기를 품다

사람마다 고유한 향기가 있다. 취향. 이 향기는 타인이 대신 만들어 주는 데는 한계가 있어서, 본인이 직접 선택하고 뿌려 보지 않으면 자신에게 맞는 향을 고르기가 어렵다. 그래서 어떤 이는 자신의 향기를 더욱 짙게 풍기지만, 어떤 이는 자신의 향기가 무엇인지도 모른 채 무미건조하게 살아간다. 취향이 있고 없고의 차이는 어떨까? 취향이 있는 사람은 우울과 좌절이 찾아와도 자신을 행복하게 하는 방법을 알고 있기 때문에 회복력이 뛰어나다. 이와 반대로 취향이 없는 사람은 스트레스를 해소할 방법을 모르기 때문에 그만큼 무력감에 빠지기 쉽다. 또 삶에서 재미를 느끼지 못한다거나, 활력을 잃어버리기 십상이다.

결국 취향은 나의 행복을 책임져 주는 중요한 열쇠가 된다. 취향을 가지는 것만으로도 스트레스에서 벗어날 수 있는 통로가 열리고, 일과 중 생긴 자투리 시간을 기분 좋게 활용할 수 있게 된다. 입맛에 맞게 조미료를 넣어 간을 맞추는 것처럼, 취향에 맞게 관심사를 넣어 취미를 만들어 보자. 만들 수 있는 취미는 다양하다. 잔잔한 음악을 들으며 산책하기, 디저트 카페 탐방하기, 한강 공원에서 자전거 타기, 편안한 옷차림으로 동네 구경하기, 보고 싶은 장르의 영화 감상하기와 같이 내가 좋아하는 것들, 나를 가장 행복하게 해 주는 것들로 채울 수 있다.

이렇듯 나만의 향기를 품은 향수를 뿌리면, 나와 비슷한 사람들 혹은 새로운 향이 궁금한 사람들이 자연스레 모일 것이다. 취향은 서로 다를지라도 함께 어우러져 독특한 향을 만들어 내기도 하고, 다른 듯 닮아 있어 서로에게 매력적으로 다가가기도 하니까.

나를 인정하고 받아들이는 것

　나를 바꾸고 싶었다. 힘든 일을 속 편하게 털어놓지 못하는 마음을, 낯가림이 심해서 먼저 손을 내밀지 못하는 모습을, 오지도 않은 일을 미리 걱정해서 자신을 못살게 구는 몹쓸 버릇을 고치고 싶었다. 내가 달라지기를 바랐다. 연약한 부분을 보이고 싶지 않아서, 뭐든 잘 해내고 싶어서, 눈치를 보는 내 모습이 싫어서, 그렇게 나와 맞서 싸우며 이겨 내려 노력했다. 속마음을 꺼내 보고, 하고 싶은 말이 있으면 삼키지 않고 바로 뱉어 내기도 하면서, 여태껏 잘 버텨 냈으니 앞으로도 별일 없을 거라며 주문을 걸곤 했다.

　그러나 나를 바꾼다는 건 결코 쉬운 일이 아니었다. 오히려 나의 성격과 반대되는 행동을 할수록 마음 한구석엔 알 수 없는 불편함이 자리 잡았다. 그때마다 다시 투명한

벽이 세워지고, 그 안에 나를 가두었다. 그만큼 나를 고치고 바꾼다는 건 어려운 일인 거겠지. 어쩌면 바꾸기 어려운 것보다 바꿀 수 없는 것에 더 가까운 일인지도 모르겠다.

나를 온전히 바라보고 마주하기로 다짐했다.
'바꾸기'보단 '인정하기'로.
'피하기'보단 '받아들이기'로.

힘든 일을 잘 이야기하지 않는 나를 인정하고, 혼자서 털어 버릴 방법을 모색해 보는 것. 낯가림이 심해서 사람을 대하는 것이 어려운 나를 받아들이고, 마음을 여는 방법을 터득하는 것. 스스로를 괴롭히는 이유를 간파하고, 내면의 소리에 귀를 기울이는 것.

나의 성격을 바꿀 수 없다면, 있는 그대로의 나를 인정하고 받아들이면 되는 거였다.

III

그럼에도

잘 이겨 내고

있으니까요

그 걱정, 절대로 일어나지 않는다

예전에는 너무 많은 걱정을 품고 살았다. 사소한 것에서
부터 움튼 고민은 꼬리에 꼬리를 물며 나를 더욱 불안하게
만들었고, 그럴수록 새로운 시작 앞에서 주저하는 나를 마
주하게 되었다. 하지만 막상 시도해 보면 별거 아닌 일이 대
부분이었고, 생각보다 잘 해내는 나를 발견할 수 있었다.
무엇이든 처음이라는 건 어딘가 부족하고 어설퍼서 만족
할 수 없는 게 당연하다. 그럼에도 자신 있게 나아갔다는
것만으로 정말 멋진 일이 아닐까. 결국 마음먹기 나름이다.
그러니 괜한 걱정에 스스로를 힘들게 하지 않았으면 한다.
지금 당신이 하는 그 걱정은 일어나지 않을 것이다. 당신은
생각보다 잘 해낼 수 있는 사람이라는 것을 늘 잊지 않기를
바란다.

우연은 우연이 아니다

　어떠한 일이 갑자기 잘되거나 생각지도 않은 보상을 받았을 때, 단지 운이 좋았던 거라며 본인의 노력을 지우개로 지워 버리는 사람이 있다. 하지만 이는 그동안 흘린 눈물과 땀, 수많은 고뇌와 노력을 스스로 진흙으로 덮어 버리는, 자신에게 옳지 못한 행동이다. 아무것도 하지 않았다면 아무 일도 일어나지 않았을 것이다. 스스로 일궈 놓은 모든 것은 열심히 달려왔기에 생긴 결과다. 노력의 결과가 그대의 눈에는 우연처럼 보였을 뿐, 당신이 어렵게 이루어 낸 결과를 우연이라는 이름으로 덮지 않았으면 한다. 당신이 숱하게 애쓴 만큼 마땅히 얻어 낸 결실이니까.

잠시 쉬었다 가자

열정도 지나치면 감기에 걸린다. 물에 젖은 스펀지처럼 몸이 무거워지고, 샘솟던 의욕은 한순간에 사라져 버린다. 아마 나 자신을 돌보는 일에 소홀했던 탓이겠지. 지쳐 버린 몸과 마음이 보낸 신호를 알아차리지 못해서 결국 방전된 것이겠지. 열정만으로 달리는 건 오히려 독이 될 수 있다. 숨이 가쁠 땐 잠시 멈춰 숨을 고르는 편이 옳다. 잠깐의 쉼이 새 숨을 불어넣어 줄 것이고, 우리의 발걸음을 더 먼 곳으로까지 이끌어 줄 연료가 될 테니까.

그러니 부단히 애써 온 당신아, 우리 잠시 쉬었다 가자. 틈틈이 자신을 돌보는 일을 거르지 않기로 하자. 내가 보내는 신호를 빠르게 알아차리고, 잠시 멈추어 숨을 고르자. 그리하여 얻은 새로운 숨으로 내일을 개운하게 맞이하자.

더 나은

내가 되기 위해

1. '처음'을 두려워하지 말기

'첫'이 붙는 모든 것에는 용기가 필요하다. 처음이 가진 무게가 때로는 무겁고, 선뜻 도전하기 망설여질 수도 있겠지만, 해 보지 않으면 모르는 일이지 않은가. 생각보다 어렵지 않을 수도 있다. 처음 먹어 보는 음식이 의외로 입맛에 맞았던 것처럼, 처음 해 보는 일이 예상보다 잘 맞았던 것처럼, 해 보지 않고서는 알 수 없는 일들을 지레 두려워하지 않기를 바란다. 그러니 부디 용기를 내어 도전해 보아라. 한 발짝 내디딘 그 용기로 당신은 지금보다 더 높은 곳에 가닿을 것이다.

2. 큰 그림을 그리기

작은 것 하나에만 신경을 쓰다 보면 정작 중요한 때를 놓치기 쉽고, 당장 눈앞의 것만 직시하게 되면 배가 산으로 가기 십상이다. 때로는 스쳐 지나가는 작은 일에 지나치게 신경 쓰기보다는, 그것이 현재 상황에 큰 영향을 미치지 않는다면 그저 흘려보내는 편이 더 이롭다. 강보다 바다를 보고, 나무보다 숲을 보고, 가까운 미래보단 좀 더 장기적인 관점에서 발전할 수 있는 미래를 그려 볼 것. 사사로운 일에 얽매이게 되면 큰 그림을 그릴 수 없다.

3. 단점에 장점을 더해 강점으로 만들기

우리가 흔히 알고 있는 덧셈 공식을 활용해 보는 건 어떨까. 작은 수(-)와 더 큰 수(+)가 만나면 (+)가 되는 공식을 본인에게 적용해 보는 것이다. 자신의 장단점을 잘 파악하여 그에 맞는 수식을 넣으면, 더 나은 모습이 될 수 있다. 예를 들어, 시간이 오래 걸리지만(-) 그만큼 신중하고(+) 꼼꼼하다(+)는 장점을 더해 단점을 승화하는 방식이랄까. 부족한 점을 보완하여 강점이 될 수 있도록, 자신의 장단점을 걸맞게 이용한 인생의 공식을 완성해 보자.

4. 실수와 잘못을 한 번 더 들여다보기

오늘이 있기 전에 어제가 있었고, 20대의 시절이 있기 전에 10대의 시절이 있었다. 지난날이 있었기에 오늘날을 맞이할 수 있는 우리다. 길고도 짧은, 짧고도 긴 길에서 많은 시행착오를 겪기도 했을 것이다. 그때의 실수와 잘못을 한 번 더 되짚고 성찰한다면, 다시 반복되는 과정을 미연에 방지할 수 있을 것이다.

5. 깨달음을 원동력으로 삼기

누구나 처음 살아 보는 오늘이고 내일이자 미래이기에 매 순간 선택과 고민, 후회와 아쉬움을 반복하며 살아간다. 인생은 돌고 돌기 때문에 후회나 아쉬움이 남았다 해도, 이를 만회할 수 있는 때가 오기 마련이다. 처음 시도한 도전 앞에서 혹여나 좋지 않은 결과를 얻었다 할지라도, 그 속에서 얻은 깨달음으로 다음 도전에 대한 해답을 얻으면 된다. 깨달음과 교훈은 나를 더 발전시킬 수 있는 주요한 자산이 될 것이다.

6. 나를 자주 안아 주고 알아주기

나에 대한 칭찬과 다독임, 보살핌, 격려에 인색해지지 않아야 한다. 나를 칭찬하고 다독이며 보살피는 과정에서 만들어진 내면의 자아는 어떤 상황이든 유연하게 대처할 수 있도록 할 것이다. 그러니 스스로를 돌보고 보살펴 주며, 자신을 들여다보는 시간을 자주 가지기를 바란다.

7. 비우고 채우기

모든 것을 다 마음에 품고 가는 것이 항상 좋지만은 않다. 넘칠 듯 쌓아 두는 것보다는 불필요한 것은 버리는 것이 더 중요하다. 나의 마음을 풍족하게 해 주는 것은 늘리고, 동시에 탁하게 만드는 요소는 지워 가면서. 그렇게 채움과 비움을 반복하다 보면 마음의 공간을 여유롭게 관리할 수 있을 것이다. 그 과정을 소홀히 하지 않도록 하여 내게 가장 필요한 것을 놓치지 않았으면 한다.

잘하고픈 마음

무언가를 할 때 걱정이 앞서는 이유는 잘하고 싶은 마음이 크기 때문이라고 해요. 누구나 잘하고 싶은 마음이 크지, 못하고 싶은 마음이 큰 사람은 없을 겁니다. 다만 그 마음이 당신에게 용기와 믿음을 심어 주기보다는 불안과 걱정을 일으키는 것에 더 가깝다면, 기대의 높이를 조금 낮출 필요가 있습니다.

무언가를 하기에 앞서 깊이 생각해 보는 것도 좋지만, 너무 많은 생각은 오히려 시작도 하기 전에 두려운 마음만 키울 뿐입니다. 때로는 가볍게 생각하고, 가볍게 시작해 보는 것은 어떨까요? 잘해야 한다는 데 의미를 두는 게 아니라, 한다는 데 의미를 두는 겁니다.

너무 조바심을 내거나 불안해하지 않아도 됩니다. 토끼를 이긴 거북이처럼, 성실함과 끈기를 가지고 무엇이든 꾸준히 해내다 보면 결국 잘될 때가 올 거예요. 걱정과 불안으로 긴긴밤 잠 못 들고 있는 당신에게 이 말을 꼭 전하고 싶어요.

어떻게 될지 모르는 일로
걱정하거나 불안해하지 말자.
잘해야 한다는 마음에 너무 매달리지 말자.
환하게 웃고 있을 그날의 나를 생각하며
묵묵히 걸어가자.
그리고 반드시 잘될 나를 반갑게 맞이하자.

긴 밤을 걱정으로 지새웠을 당신,
오늘 밤은 편히 잠드시길 바라요.

불완전하기에 완벽한 것들

완벽하지 않아도 괜찮다. 매번 완벽하게 해내지 않아도 된다. 어쩌면 완벽이라는 건 존재하지 않을지도 모른다. 완벽한 삶이 무엇인지, 완벽한 사람이 어떤 사람인지, 완벽한 사랑이 어떤 형태의 사랑인지 그 누가 명확히 정의할 수 있을까. 사람마다 다르게 정의되기 때문에 완벽함이라는 말은 참 모호하다. 100%를 해내야 완벽하다고 생각하는 사람이 있는 반면, 80%만 해내도 완벽하다고 여기는 사람이 있듯이, '완벽'은 본인의 기준에 따라 그 벽의 높이가 정해진다.

부디 스스로 만든 벽 안에 자신을 오래 가두지 않았으면 좋겠다. 완벽함이라는 단어 속에 숨어 있는 그림자는 더 큰 완벽을 좇을수록 짙어진다는 것을 기억하길 바란다. 그러니 자신을 어둡게 만드는 벽에 작은 틈 하나만 파 두자. 숨 쉴 구멍, 볕 쬘 구멍 하나쯤은 만들어 두자.

우리는 불완전하기에 완벽한 사람이다.

그 자체로 빛나는 그대

눈치 보지 않아도 된다. 나의 모습을 억지로 바꿀 필요도 없다. 다른 사람이 한 말에 주눅이 들 이유 또한 없다. 누가 뭐라 해도 당신은 그 자체로 빛이 나는 존재니까. 사람은 누구나 반짝이는 보석을 가지고 있다. 그 보석은 숨바꼭질을 잘해서 다른 이들의 눈을 피해 어딘가에 꼭꼭 숨어 있다. 하지만 머지않아 그 숨은 보석을 발견해 줄 사람이 나타날 것이다. 단점도 장점으로 알아봐 주는 사람. 있는 그대로의 모습을 바라봐 주는 사람. 나에게서 뿜어져 나오는 빛이 더욱 돋보일 수 있도록 만들어 주는 사람이 말이다.

내일 더 밝게 빛날 사람아,
당신은 그 자체로 충분히 빛이 난다.

그럴 수 있는 날

유독 하루가 내 맘과 다르게 흘러갈 때, 평소라면 하지 않았을 실수들이 자꾸만 반복될 때, 대수롭지 않게 흘려보낼 수 있는 말들이 왠지 모르게 짜증스럽게 들릴 때면, 상황과 무관하게 오늘은 그런 날인가 보다 하고 깊게 빠지지 않으려 노력한다. 예전의 나였다면 그런 순간들이 몰려올 때마다 나의 능력을 먼저 의심하곤 했었지. 한 번 실수할 때 드는 자책감이 남들보다 크게 느껴지는 성격 탓인지, 그런 내 모습이 못마땅하기만 했었지. 뭐든 완벽하게 하고 싶다는 마음이 나를 더 가두고 있었단 걸 그땐 몰랐지.

하지만 이제는 인정하고 수긍하려 한다. '내가 왜 이러지.' 의심하기보단, '오늘은 컨디션이 좋지 않은가 보다.', '실수했네. 다음에는 그러지 말아야지.' 하고 받아들이며 나를 돌봐야겠다고. 혼자서 자책하기보단 누구나 그럴 수 있다고 여기며 한 번 더 나를 안아 줘야겠다고. 그리고 마음에 담아 두지 말고 흘려보내야지. 내일은 괜찮아질 거라 다독이며 가뿐하게 나아가야지.

마음 둘 곳

엄마가 해 준 따뜻한 집밥에, 가쁜 숨을 고를 수 있는 비밀 공간에, 피곤한 몸을 뉘고 쉴 수 있는 침대에, 기대어 울 수 있는 누군가의 어깨에, 어찌 알고 걸려 온 전화 한 통에 쌓였던 설움과 답답이 하나둘씩 풀어진다.

돌아갈 곳이 있고, 다가갈 사람이 있다는 것.
그것만큼 감사한 일이 또 있을까.

안부

안부를 물어 주는 사람이 있다는 건 감사한 일이다. 나의 안위를 걱정하고, 행복을 바라는 이가 있다는 것만으로도 힘이 되니까. 무너지지 않도록 나를 지탱해 주는 고마운 존재이니까. 잘 지내냐는 말 한마디, 밥은 잘 챙겨 먹고 있냐는 연락, 고민이 있으면 언제든 터놓으라는 따뜻함이 묻어나는 말투에, 비록 눈앞에 보이지 않아도 늘 함께하고 있다는 느낌이 든다. 덕분에 잘 지낸다는 말을 남긴다. 덕분에 밥 한 숟가락 더 떠먹었고, 입꼬리 한 번이라도 더 올릴 수 있었으며, 꼼짝하지 않던 몸을 이끌고 바깥바람도 쐬고 왔다고. 답답한 일상이었는데, 덕분에 숨통이 좀 트였다고. 그래서 참으로 고맙다고 말이다. 나도 당신에게 안부를 묻고 싶다.

잘 지내고 있나요?

밥은 잘 챙겨 먹었어요?

오늘 하루는 어땠어요?

요즘 걱정이나 고민은 없고요?

힘든 일 있으면 언제든 얘기해요.

다 들어 줄게요.

얼굴 뒤로 숨은 표정

　당신의 안면에 드리워진 이면을 바라본다. 당신의 눈은 반달 모양을 하고 있지만, 눈빛엔 반짝임이 사라졌구나. 당신의 코는 슬픔의 향을 맡고선 훌쩍이는구나. 당신의 입은 꼬리가 올라가 있지만, 미세한 떨림이 느껴지는구나. 당신의 얼굴 뒤로 갈 곳 잃은 표정들이 숨어 있구나. 나는 보인다. 당신의 밝은 웃음 뒤에 감춰진 서러운 울음, 혹 다가온 관심에 찡그려진 예민함, 덤덤한 말 속에 일렁이는 슬픔이 내 눈에는 보이고, 내 귀에는 들린다. 멀쩡한 모습 뒤에 가려진 뒷모습이 안쓰럽다. 나는 그런 당신을 느낀다. 남모르게 애써 꾹꾹 눌러 가며 얼마나 더 많이 울고 아파했을까. 얼마나 서럽고 속상했을까. 많이 힘들고 외로웠겠다. 그동안 견디고 참아 내느라 괴로웠겠다.

쏟아지는 비에 나의 비애도
같이 떠내려가기를

　울고 싶었지만, 마음속에 눈물을 한가득 채워 두던 어느 날, 밖에는 비가 쏟아지고 있었다. 빗소리를 들으며 초점이 흐려진 눈으로 멍하니 창밖을 바라본다. 서러운 소리가 들이친다. 하늘은 채도로, 공기는 온도로, 바람은 강도로 내 슬픔을 대변해 주는 듯했다. 네 울음소리 다 묻어 주겠다고. 그러니 괜찮다고, 실컷 울어도 된다고. 가끔 이렇게 찾아오면 좋겠다. 나보다 더 많이 슬퍼해 주면 좋겠다. 내리 쏟아지는 비에 내 비애도 같이 휩쓸려 갈 수 있게. 가슴에 얹힌 무거운 슬픔이 떠내려갈 수 있게.

불안에 지지 않을 것

매일 소란스러운 밤의 연속이다. 사람들과 웃고 떠들며 평범한 낮을 보내다가도, 밤만 되면 어김없이 찾아오는 불청객으로 인해 선잠에 드는 날이 잦았다. 이따금 불안 앞에서는 가장 나약한 사람이 되어 버리고 만다. 그래서 잠들기 전, 나는 내면의 나에게 말을 걸어 불안의 출처를 찾아 나선다. 다른 사람의 눈에는 보이지 않는 불안과 힘겹게 맞서 싸우기도 하고, 때로는 불안의 눈을 피해 도망치기도 하며, 그러다 결국 떼어지지 않는 불안을 어쩔 수 없이 옆에 두고 잠든 날이 얼마나 많았던가. 불안은 생각을 먹으며 자라기에, 생각이 많은 나로서는 언제나 약자일 수밖에 없었다. 하지만 나를 멈출 수 있는 것도 오직 나뿐이라, 생각이 생각을 붙잡고 늘어지지 않도록 끊임없이 자신과 타협해야 했다. 괜한 걱정이라며, 남은 고민은 내일의 나에게 맡기자고, 그러니 그만 걱정하고 잠에 들자며 불안에 겁먹은 나를 살살 달래야 했다.

　사람은 왜 불안을 느끼는 걸까. 멀리할 수는 없는 걸까. 불안은 사람이 느끼는 자연스러운 감정 중 하나이고, 그 기저에는 간절함과 소망이 있다. 우리의 불안은 그만큼 잘 살고 싶은 간절한 마음과 뭐든 잘 해내고 싶은 소망에서 비롯된 것일 테다. 그러나 불안은 다른 감정에 기생하며, 가장 약한 부분을 먹이로 삼아 조금씩 자라난다. 특히 행복해서 불안하고, 너무 사랑해서 불안한 것처럼, 긍정적인 감정일수록 그 세력이 커지는 듯하다. 언제까지 이 행복이 지속될지 모른다는 생각에 불안하고, 언젠가는 이 사랑이 끝날지도 모른다는 생각에 굳이 쓰지 않아도 될 시나리오를 열심히 써 가며 불안에게 자리를 내준다. 결말을 미리 상상하는 몹쓸 버릇이 자신을 계속 궁지로 내모는 줄도 모르고.

　불안을 평생 느끼지 않으면서 사는 사람은 아마 없을 것이다. 사람과 불안, 삶과 불안은 끈질기게 서로를 끌어당겼다가 멀어지며 팽팽한 줄다리기를 한다. 살아가다 보면 불안을 느낄 수밖에 없는 순간들이 있기 마련이지만, 이를 잘 다스릴 줄 안다면 지금보다 더 강인한 사람으로 도약할 수 있지 않을까. 이를테면 긴장된 몸과 마음을 이완시킬 수 있는 운동이나 명상을 시도해 보는 것. 일상에서 느끼는 불안의 요소를 하나씩 지워 가는 것. 지금 일어나지 않을 법한 일에 대해선 관여하지 않으려 노력하는 것. 이러한 방법으로 마음을 다스린다면, 점차 불안이 우리 곁에 가까이 다가오지 못할 것이다.

그러니 불안에 대해 깊이 생각하지 말고, 가볍게 지나칠 것. 불안에게 다짐을 뺏기지 않을 것. 원인 모를 불안은 억지로 확대 해석하지 않고 가만히 두는 게 상책이다. 불안은 다짐을 이길 수 없으며, 결국 승리하는 건 확고한 마음이다.

몸과 마음을
평안하게 하는 법

1. 내가 좋아하는 장소 찾기

내가 자주 가는 곳, 좋아하는 자리, 편히 쉴 수 있는 익숙한 공간에 가면 묘한 안정감이 느껴지곤 했다. 타인의 시선이 닿지 않는 구석진 자리, 좋아하는 음료가 있던 카페, 근처의 작은 공원. 그곳에 가면 걱정은 자취를 감추고, 기분 좋은 설렘이 밀려온다. 그 아늑함 속에서 마음이 금세 편안하고 평온해진다.

2. 애착 물건 만들기

나는 잠잘 때 항상 껴안고 자는 인형이 있다. 그 인형을 껴안고 자야만 마음이 편안해져 편히 잠들 수 있기 때문이다. 이처럼 저마다의 이유로 애착 물건이 있을 테지만, 만약 없다면 하나쯤 만들어 보는 것도 좋겠다. 애착 물건을 지니고 있으면 마음의 불안을 조금이나마 잠재울 수 있고, 안정적인 상태를 유지하는 데 도움이 된다.

3. 타인이 내린 평가에 집착하지 않기

유독 타인의 평가에 민감한 사람이 있다. 그 평가가 더 나은 방향으로 나아가는 데 도움이 될 수는 있지만, 지나치게 집착하는 건 옳지 않다. 타인이 내린 평가는 참고만 하고 넘기는 것이 정신 건강에 훨씬 이롭다.

4. 완벽으로부터 멀어지기

자그마한 실수도 용납하지 않겠다는 습관에서 멀어질수록, 나에게 관용을 베풀 여유가 생긴다. 그 여유로써 나는 더 완벽한 사람으로 거듭날 기회를 얻는다. 완벽이라는 벽을 조금은 허물어 보자. 자신의 허물을 이해하고 보듬어 주자. 이 세상에 완벽한 사람은 없기에, 나 또한 완벽해야 할 이유는 없다.

5. 의미 부여를 줄이기

모든 것에 의미를 부여하는 것은 결코 나한테 이롭지 않다. 의미를 부여할수록 작은 것도 확대해서 해석하게 되고 부정적인 것은 더 큰 부정을 불러올 테니, 그만큼 몸과 마음이 편하지 않을 것이다. 그러니 모든 것에 의미 부여하지 말 것. 내 소중한 감정을 쓸데없이 낭비하지 말 것. 내 감정을 붙여야 할 곳에만 온전히 붙이도록 하자.

6. 해소할 수 있는 통로 만들기

쌓인 스트레스를 풀 수 있는 통로를 만들어 두면 좋다. 이를테면 혼자 코인 노래방에 가서 노래를 부르거나, 좋아하는 영화나 드라마를 보거나, 반신욕을 하거나, 친구와 수다를 떨거나, 쇼핑을 하는 것처럼 말이다. 물론 잠깐의 탈출구일 수 있지만, 그 잠시의 시간이 모여 삶의 행복이 구축되는 것이다.

7. 최선을 다해서 쉬기

열심히 사는 것만큼 열심히 쉬는 것도 중요한 요즘이다. 쉰다는 것이 모든 일을 다 제쳐 두고 쉬자는 의미는 아니다. 일상 속에서 틈틈이 휴식을 취하는 것. 최선을 다해 노력하듯, 최선을 다한 쉼을 스스로에게 선물하는 것. 빠르게 변화하는 시대와 넘쳐 나는 정보 속에서 듣지 않아도 될 것, 보지 않아도 될 것까지 접하다 보면 마음의 피로가 과하게 쌓이기 마련이다. 그러니 본인만의 휴식 습관을 만들어 보는 것이 좋다. 최선을 다한 쉼으로 다시 달려 나갈 숨이 갖춰지는 법이다.

그래도 돼

또 꾹 참고 있었지.
슬플 땐 실컷 울고
아플 땐 푹 쉬고
힘들 땐 투정도 부리고
화가 날 땐 소리 질러도 보고
행복할 땐 마음껏 즐기면 돼.
그게 너를 위한 거야.

방해 금지 모드

인생의 어느 지점에서 번아웃이 오거나, 지속된 이어짐 속에 휴식이 필요할 때면 방해 금지 모드를 켜 두는 사람들이 있다. 외부의 간섭을 일절 받고 싶지 않고 그저 내버려 두었으면 하는 그런 날, 이따금 마음이 어지러운 시기가 불쑥 찾아오면 모든 연락 수단을 꺼 놓는 것이다.

그럴 때는 잠시만 기다려 주자. 그동안 상대는 지친 마음을 회복하고, 치유가 끝나면 다시 일상의 모습을 되찾을 것이다. 원래의 모습으로 돌아올 수 있도록 곁에서 묵묵히 기다려 주는 것만으로도 상대에게는 큰 위로가 된다.

나쁜 기억에 덜 집중하기

머릿속에 군집해 있는 기억들이 서로 버무려질 때면, 나는 나를 괴롭히는 나쁜 기억으로부터 멀어지려고 노력한다. 구석진 기억에 곰팡이가 피어 다른 기억들까지 부패하기 전에, 더 부정적으로 변하지 않도록 나쁜 기억에 '덜' 집중하는 방법을 택한다. 기억은 지우고 싶다고 해서 마음대로 없앨 수 있는 것이 아니므로, 짊어지고 가야 할 기억이라면 억지로 떠올리지 않으려 노력하는 편이 나을 수 있다. 이제는 세 번 떠올릴 일을 한 번만 떠올리려 노력한다. 잠들어 있는 기억을 애써 깨우지 않으려 한다. 간신히 괜찮아졌고, 이제야 마음이 조금 편해졌으니, 겨우 잠재운 기억이 되살아나지 않게 가만히 내버려 두려 한다. 선명했던 기억이 희미해질 수 있도록. 눈물로 드리웠던 기억이 새로 만들어진 추억으로 인해 희석될 수 있도록.

좋았던 기억이 돼

우리가 느끼는 마음이나 기분은 곧 기억으로 남는다. 슬펐던 감정은 슬픈 기억으로, 아팠던 감정은 아픈 기억으로, 좋았던 감정은 좋은 기억으로, 행복했던 감정은 행복한 기억으로 먼저 자리를 잡는다. 이처럼 기억은 일차적으로 느낀 감정에 의해 만들어지기 쉽다.

그렇다면 부정적인 감정을 긍정적으로 기억할 방법은 없을까. 좋지 않았던 기억을 좋은 기억으로 바꿀 수는 없을까. 관점을 바꿔서 바라보면 그 기억도 달라질 수 있지 않을까.

예를 들어, 어떤 일이 실패로 끝났다고 생각하면 그 과정 전체를 부정적으로 기억하게 되지만, 하던 일이 잘 풀리지 않았어도 한번 도전해 보길 잘했다고 생각하면 그 감정의 일부를 긍정으로 돌릴 수 있다. 그렇게 되면 실패도 삶의 일부로 받아들이고, 그 경험이 나에게 도움이 되었다고 느낄 수 있다. 결국 기억은 우리가 어떻게 생각하는지에 따라 달라진다.

이와 같은 방식이라면, 기억의 감정을 좀 더 긍정적으로 바꿀 수 있을 것이다. 당장은 생각을 바꾸기 힘들겠지만, 조금씩 긍정적인 방향으로 생각하도록 노력해 보면 어떨까. 물론 쉽지만은 않을 것이다. 꺼내 보기 버거운 기억일지도 모른다. 하지만 그 작은 생각의 변화가 불행했던 감정에 아름다운 기억의 무늬를 만들어 줄 수 있을 것이다.

원래부터 없었던 것처럼

지금 내게 없는 것은 원래부터 세상에 없었던 것이라고 여기는 편이 더 이로울 수 있다. 이처럼 내 손에 들어오지 않은 것은 애초에 존재하지 않았던 것이라고 생각하면, 소유하지 못한 것에 대한 아쉬움이 덜하고, 갖지 못한 것에 대한 질투도 덜어진다. 아쉬움, 속상함, 슬픔, 화남, 질투의 감정이 느껴져도 금세 마음이 진정된다. 미움이란 감정도 점차 사그라진다.

생각과 관점에 따라 달리 보이는 것이다. 무언가를 줬다가 뺏으면 기분이 나쁘지만, 원래 없던 것이 생기면 마치 선물을 받은 듯한 고마움과 기쁨이 생기기 마련이다. 지금은 없더라도 나중에 생길 수 있고, 그때 가서 맘껏 기뻐하고 누리면 된다.

그러니 남들보다 덜 가졌다고, 부족하다고 생각하면서 애꿎은 미움이나 원망을 품지 않았으면 좋겠다. 마음을 바꾸면 달리 보일 것이다. 원래부터 없었던 것이라고 마음을 바꿔서 생각하면, 의외로 좋은 결과를 얻게 될 것이다.

말이 닿는 곳

마음이 향한 곳에는 말이 뒤따라온다. 마음에 없는 말은 결코 입 밖으로 나올 수 없다. 절대 그냥 나온 말이 아니다. 그것이 진심이었든 예의상 건넨 말이었든, 마음에 없었다면 꺼내지도 않았을 테니까. 한 번쯤 고민해 본 생각이고, 상대가 들어줬으면 하는 바람이 담긴 문장일 것이다. 또한 말 속에 숨겨진 진심을 알아챘으면 하는 기대와 기다림이 섞인 물음일 것이다.

마음이 꺼낸 말을 부정하지 않으려다. 애써 감추지 않으려다. 꺼낸 마음을 도로 집어넣지 않으려다. 그저 마음 뒤에 가려진 말의 숨은 뜻을 알아봐 주기를 바랄 뿐이다.

마음먹기에 달린 일

마음먹기까지 오랜 시간이 걸리더라도, 한번 마음먹은 일은 쉽게 뜻을 굽히지 않는다. 그것이 일이든, 사랑이든, 꿈이든, 일단 시작하기 전에 그 일의 과정과 결과를 예측해 보려 한다. 잘할 수 있을 거라는 믿음과 확신이 들 때까지 신중하게 고민하고, 충분히 결심하는 시간을 갖는 것이다.

좀처럼 마음이 잡히지 않을 때는
이 세 가지를 자신에게 물어보자.

나를 웃음 짓게 하는 일인지.
도전하기 전과 후의 내 모습이
어떻게 달라질 것 같은지.
이전보다 더 행복할 날들이 그려지는지.

뭐든 마음먹기에 달렸다.

기억하기 위한 기록

　훌륭한 기억법은 바로 기록하는 것이다. 기록이 주는 이점은 너무나 많다. 애써 잡아 두지 않으면 홀연히 사라질 수 있는 기억의 조각들을 한데 모을 수 있을뿐더러, 잊고 있었던 그날의 울음과 웃음, 슬픔과 그리움, 즐거움과 행복을 회상하고 싶을 때마다 언제든 꺼내 볼 수 있다. 기록이 쌓이면서 점점 기억의 힘도 강해지는 것을 느낄 수 있을 것이다. 그러니 기억하고 싶은 순간을, 그때의 생각과 감정을 짧게나마 적어 보자. 한 장이어도 좋으니 틈틈이 사진도 찍어서 남겨 보자. 오래오래 기억할 수 있도록, 보고 싶을 때마다 언제든 꺼내 볼 수 있도록.

말할 수 없는 비밀

누구든 말할 수 없는 비밀 하나쯤은 묻어 두며 산다. 그리고 누구에게도 보여 주지 않겠다는 듯 꼭꼭 감춘다. 겉보기에는 괜찮아 보여도 속사정은 아무도 모르는 것이다. 그 배경에는 비밀이 생길 수밖에 없었던 상황과 솔직하게 말하지 못한 나름의 이유가 있을 터이다.

그러니 말하지 않고 묻어 두기로 한 이유를 혼자서 추측하거나 함부로 들추려고 해서는 안 된다. 후에 알게 되더라도 상대가 먼저 얘기해 줄 때까지 모르는 척해 주는 것이 내가 할 수 있는 작은 배려라고 생각한다. 나를 위해서든, 남을 위해서든 보이고 싶지 않아서 몇 번이고 접어 둔 그 비밀을 지켜 주고 싶다. 스스로 펼쳐서 보여 줄 때까지 기다려 주고 싶다. 그때까지 당신의 말 못 할 아픔과 슬픔을 함부로 헤아리지 않겠다. 잡을 손이 필요하면, 그때 손을 건네겠다. 숨을 품이 필요하면, 그때 당신을 안아 주고 같이 잃아 주겠다. 같이 비밀을 품어 주길 바란다면, 기꺼이 그렇게 하겠다. 당신 곁엔 늘 내가 있다는 것만 알아 두었으면 좋겠다.

같이 걷자

우리 같이 걸을까?

함께라면 그 어떤 길도 두렵지 않을 거야.

걷다가 넘어지면 내 손을 잡고 일어나.

문득 겁이 날 땐 내 등 뒤에 서 있어도 돼.

잊지 마, 넌 혼자가 아니야.

너의 곁엔 늘 내가 있을 테니, 언제든 같이 걷자.

마음속 웅덩이

마음속에 커다란 웅덩이를 만들어 놓는 사람이 있다. 괜찮지 않으면서 괜찮은 척, 아프면서 아프지 않은 척, 힘들면서 힘들지 않은 척 가면을 쓰고 남몰래 흘린 눈물로 깊은 웅덩이를 만든다. 그렇게 밖으로 내색하지 못하고 투정 부리지 못한 채 속으로 끙끙 삭이는 사이, 웅덩이는 더욱 커졌을 것이다. 그러다 한 번쯤 세차게 비가 내리는 날이면 자신의 존재를 알리며 넘칠 듯 차오른다. 마치 지나치지 말고 둥둥 떠다니는 슬픔이 다 빠져나갈 수 있게 도와달라는 듯이. 혼자 감당하기 힘들고 버거울 때면, 그렇게 티를 내 줘. 깊게 고인 구정물도, 당신의 걱정과 슬픔, 불안까지도 같이 빼내자. 그리고 메워 줄게. 더 이상 당신의 눈물이 고이지 않도록.

감정적 단식

여러 다이어트법 중에서도 간헐적 단식이 유행하던 때가 있었다. 간헐적 단식은 공복감을 최대한 오래 유지하는 것을 목표로, 24시간 안에 정해진 시간 동안만 음식을 섭취한다. 이로 인해 아침을 거르고 식사를 하거나, 하루에 한 끼만 먹는 경우도 있다. 그러나 단식 생활을 꾸준히 유지하기 위해서는 무엇보다 적절한 운동과 규칙적인 생활 습관이 선행되어야 한다.

간헐적 단식처럼 감정도 단식할 수 있다면 어떨까, 생각해 보았다. 쓸데없는 걱정으로 스트레스를 받는 사람에겐 감정 식이 요법이 필요하지 않을까. 끊임없이 발열되는 감정의 스위치를 잠시나마 꺼 두면 조금은 덜 피로하지 않을까.

열량 높은 감정의 소모를 줄일 수만 있다면, 마음에 쌓인 독소를 빼낼 수만 있다면, 그래서 마음이 전보다 더 건강하고 가벼워질 수 있다면, 당장 시작해야겠다.

유혹하는 부정의 감정들을 뿌리치고 절대 삼키지 않겠다. 나를 해하는 감정은 가차 없이 끊어 내어 불필요한 것에 열정을 불태우지 않겠다. 걱정해야 할 때만 걱정하고, 불안해야 할 순간에만 불안해하고, 아파해야 할 때만 아파하면서 더는 내 마음을 혹사하지 않겠다. 그렇게 오늘부터 감정적 단식을 통해 마음의 건강을 되찾고, 마음에 쌓인 독소를 모두 빼낼 것이다.

마음에서 피어난 말

내가 자주 발음하는 것은 마음으로부터 옵니다. 힘들다고 발음했다면 지금 내 마음이 힘든 것일 테고, 괴롭다고 발음했다면 지금 무척 괴롭다는 뜻이겠지요. 그럼 행복을 자주 발음한다면 지금보다 더 큰 행복으로 나아갈 수 있지 않을까요. 우리, 자주 행복을 발음해 보아요. "아, 행복하다. 행복해." 행복을 발음하기 어렵다면, 좋다는 표현은 어떨까요. "아, 좋다. 정말 좋다." 말에는 숨은 힘이 있어요. 그 힘은 마음과 합할 때 더 강해지지요.

말하는 것과 친해져 볼래요. 그러기 위해서 먼저 내 마음에 대해 알아볼래요. 나의 감정, 소망, 의지, 열정, 소원을 찾아 적고, 그 마음을 말에 담아 볼래요. 말하면 이루어져요. 신기하게도 마음먹은 대로, 말하는 대로 이루어졌어요. 그러니 우리 자주 말해 볼까요. 마음속으로만 감춰둔, 이루고 싶은 소망을 가득 담아서요.

자존감을
높이는 방법

1. 실제로 보거나 직접 들은 것만 믿기

2. 자신의 가치를 의심하지 말기

3. 자신의 마음을 함부로 보여 주지 말기

4. 나를 사랑하는 감정을 잃어버리지 않기

5. 타인에게 쉽게 상처와 험담을 허락하지 않기

6. 나도 우리 엄마·아빠의 소중한 딸·아들임을 기억하기

7. 긍정적인 언어로 격려하는 시간을 갖기

8. 작은 목표와 목적부터 차근차근 이뤄 보기

9. 자신에게 하고 싶은 말을 글이나 그림으로 표현해 보기

10. 하루에 하나씩 자신이 잘한 일을 찾아 칭찬해 주기

나의 가치를 믿는 것

자신을 가치 있는 사람으로 이끌기 위해서는 나에 대한 믿음을 확고히 해야 한다. 나를 드높일 힘은 바로 그 믿음에서 비롯되기 때문이다. 잘 해낼 수 있다는 자신감, 더 높은 곳으로 올라갈 수 있다는 긍지, 뚜렷한 자기 확신은 나를 더욱 가치 있는 사람으로 만들어 준다.

믿음이라는 원동력으로 자신을 바른길로 인도하는 것. 그 응원의 손길로 불투명했던 나를 투명하게 빛나도록 만드는 것. 부디 스스로를 불투명하게 만들지 않았으면 한다. 불필요한 걱정과 근심으로 당신이 가진 재능을 감추지 않았으면 한다. 그리하여 보석이 될 수 있는 원석의 가치를 믿고 전진하는 삶을 추구하며 살아가기를 바란다.

당당해지고 솔직해질 것.

거침없고 굳세어질 것.

당신은 그래도 되는 사람임이 틀림없다.

자란다, 잘한다

우리는 자라면서 점점 더 잘할 수 있는 것들이 늘어 갑니다. 처음엔 서툴렀던 일도 시간이 흘러 하나둘 익숙해지다 보면 점점 능숙해지게 됩니다. 아무것도 할 줄 모르던 아기가 기어다니다 걷고, 걷다 보니 뛰어다니게 되며, 점차 몸을 자유자재로 조절할 수 있게 됩니다. 그렇게 어른이 되고 나니 어렸을 때와는 다르게 할 줄 아는 것이 많아졌습니다. 나만의 장점과 재주가 생겨서 남들 앞에서 자랑스럽게 뽐내기도 합니다. 이쯤 되니 지금보다 한층 더 자라면 또 무얼 해낼 수 있을지 궁금해집니다.

우리는 늘 자라고 있습니다. 자라는 과정에서 수없이 넘어지고, 부딪히며, 깨지기도 하겠지요. 하지만 그 경험들이 쌓여 잘할 수 있는 것들이 생겼다면, 값진 성장통이었다고 생각해 봅시다. 자란 만큼 나의 자랑거리도 많아졌으니, 이제 당당히 어깨를 펴고 자랑스럽게 뽐내도 되겠습니다.

마음의 충전은
나로부터 시작되는 것

방전된 마음은 다 닳아 버린 배터리와 같아서, 충전하고 유지하는 방법도 사람마다 다를 수밖에 없다. 어떤 이는 타인의 인정이나 칭찬을 통해 에너지를 얻고, 어떤 이는 예술 활동이나 문화생활을 즐기면서 채우고, 또 어떤 이는 물건을 구매하거나 풍경을 감상하는 식으로 충전할 것이다. 저마다 방법은 다르지만, 타인이나 외부 환경으로부터 얻은 마음의 풍족함은 계속해서 충족되지 않으면 금방 방전되기 마련이다. 하지만 스스로에 대한 믿음과 확신으로 채워진 마음은 쉽사리 방전되지 않고, 꾸준히 오래 지속되는 걸 느꼈다.

그렇기에 나는 가장 큰 비중을 나 자신에게 두고, 타인의 사랑과 인정, 칭찬 등은 보조적인 수단으로 삼는다. 보조적으로 충전된 마음은 오래가지 못한다는 것을 이제는 알게 되었다. 무엇보다 중요한 것은 타인에게만 의존해 마음을 구축하지 않으며, 내 마음의 주인은 '나'임을 깨닫고, 나를 잃지 않는 것이다. 그렇게 될 때 내면에 용기와 자신감이 가득 차게 된다.

가장 가까운 이, 곧 나에게서 얻은 포만감이야말로 나를 오래 지지할 힘이 된다는 것을 잊지 않았으면 한다.

실천하고 싶은 것

필요 없는 건 바로 정리하기, 이어폰 빼고 걷기, 새로운 음식 시도해 보기, 잠들기 전에 핸드폰 보지 않기, 새벽에 일어나서 조깅하기, 차 한 잔으로 하루 시작하기, 하루 동안 핸드폰 없이 생활해 보기, 문자 대신 편지 써 주기, 새로운 분야의 책 읽어 보기, 손수 요리해서 챙겨 먹기, 혼자서 여행 가기, 외국어 배우기, 작사 배우기, 좋아하는 물건 수집하기, 안 해 본 것에 도전해 보기, 아지트 공간 만들기, 아무런 생각하지 말고 멍 때리기, 솔직하게 마음 표현하기, 아직 일어나지 않은 일에 대해 걱정하지 않기… 무엇보다 나 자신에게 행복을 선물하기.

쓸모없는 건 없다

자신의 쓸모는 타인에게서 찾을 수 없습니다. 내가 얼마나 중요한 존재인지는 남이 결정하는 것이 아니라, 스스로 정하는 것입니다. 그러므로 나의 가치를 찾는 것도 나여야만 하고, 누구보다 내가 먼저 알아봐 주어야 합니다. 자존감을 높이는 수단은 타인의 인정이 아닌, 자신의 만족에서 비롯되어야 합니다. 하물며 짚신도 제짝이 있다는데, 나의 가치를 드러낼 곳이 없을까요. 나를 찾아 주는 사람이 없다고 해서 주눅 들거나 실망할 필요는 없습니다. 나 스스로 빛날 수 있을 때 갈 곳이 보이고, 소중한 사람이 생기며, 올곧은 사랑이 찾아옵니다.

그러니 가장 우선에 두어야 하는 것은
자신의 쓸모를 의심하지 않는 것입니다.

나에 대한 예의

포기, 내려놓을 수 있을 만큼만 버려야 한다.

욕심, 원하는 만큼만 가져야 한다.

양보, 후회하지 않을 만큼만 줘야 한다.

친절, 아프지 않을 만큼만 건네야 한다.

행복, 누릴 수 있을 만큼만 가져야 한다.

사랑은 할 수 있을 만큼 다 주어야 한다.

무언의 위로

조용히 무너지는 날이면, 그 신호를 가장 먼저 알아차리고 말없이 손을 잡아 주는 이가 있다. 그렇게 서로 아무 말도 하지 않고 한참 동안 손을 잡고 걷는다. 오가는 말소리 하나 없이 저벅거리는 발소리만 들리는데도, 그 리듬이 꽤 안정적이다. 평온하기만 하다. 내 불안과 걱정, 잡념과 체념, 두려움과 절망이 맞잡은 손을 통해 빠져나가는 것만 같다. 그래서 편안한 걸까. 이상하리만큼 불안한 눈빛과 떨리는 목소리, 요동치듯 불안정한 마음, 소란스러운 머릿속이 순간 고요를 되찾는다.

때론 무언의 위로가 말의 위로를 가히 넘어서기도 한다. 그리고 그 여운은 생각보다 깊고 오래간다. "많이 힘들었지?"라는 말보다 조용히 어깨를 내어 줄 때, 힘주어 잡은 손이 유난히 따뜻하게 느껴질 때, 너의 마음을 다 이해한다는 눈빛으로 나를 바라볼 때, 안에 갇혀 있던 슬픔마저 토해 내라는 듯 등을 쓸어 줄 때, 비로소 숨죽이고 있던 침묵이 울컥 쏟아지며 홀가분해진다. 홀로 싸워 왔던 고독함이 씻겨 나가는 기분이 든다. 주체할 수 없던 어두운 마음을 애써 감추지 않아도 된다는 당신의 따뜻한 눈빛과 손길 덕분에, 담담한 위로가 스며든다.

흔들리는 나를
잡아 주던 말들

지금 충분히 잘하고 있어.

이거 하나 못한다고 해서 무너지지 않아.

난 언제나 네 편이야.

맛있는 거 먹으러 가자.

같이 산책할래?

내가 있잖아.

네가 어떤 모습이든 변함없이 좋아할 거야.

예쁜 것을 보면 너를 생각해.

힘들 땐 언제든 전화해.

이리 와, 안아 줄게.

쓸데없는 걱정이야.

너는 뭐든 될 사람이야.

많이 힘들었겠네.

그래도 돼, 괜찮아.

생각을 바꾸는 1분

    초등학교 저학년 때의 일이었던가. 수업이 시작되기 전에 난데없이 1분 동안 눈을 감는 시간이 주어졌다. 담임 선생님은 우리에게 아무 소리도 내지 말고, 눈을 뜨라고 하기 전까지 꼭 감고 있으라고 당부하셨다. 반 아이들은 영문도 모른 채 가만히 눈을 감았다. 속으로 하나, 둘, 셋, 숫자를 세다가 아차, 중간에 놓쳐 버리고 말았다. 결국 다시 세는 것을 포기하고, 선생님이 말씀하실 때까지 조용히 기다렸던 기억이 난다. 순간 고요해진 공기와 대비되는 시계 초침 소리, 내 숨소리인지 짝꿍의 숨소리인지 모를 들숨과 날숨, 공이 부딪히는 소리와 함께 창문 밖에서 간간이 들려오는 작은 함성. 1분 동안 많은 걸 듣고 느끼고 있었다. 그 시간 동안 무슨 생각을 했는지 정확히 기억은 나지 않지만, 1분이 빨리 지나갔으면 했던 마음은 또렷하다. 아, 1분이 이렇게 길었던가. 아무것도 하지 않고 가만히 있자니, 1분이

10분처럼 느껴졌다. 슬슬 지루해질 무렵, "자, 이제 눈을 떠 보자." 하는 선생님의 말씀이 어찌나 반갑던지. 나와 친구들은 하나같이 작은 탄식을 내뱉으며 눈을 떴다. 갑자기 밝아진 시야에 적응하는 것도 잠시, 우리는 금세 물음표가 가득한 눈으로 선생님을 바라보았다. "1분 동안 어떤 생각이 들었나요?" 하고 선생님이 묻자, 여기저기서 각양각색의 대답들이 튀어나왔다. "지루했어요.", "재미없었어요.", "이거 왜 했어요?", "아무 생각도 안 들었어요.", "거북이가 된 것 같았어요.", "또 해요!" 등등. 대개 부정적인 대답이 주를 이뤘다. 나 역시도 '이걸 갑자기 왜 한 걸까?' 하는 생각이 들었으니 말이다.

선생님의 대답은 뜻밖이었다. "우리는 가장 긴 1분을 느낀 거예요." 이 말이 무슨 뜻인지 이해하려면, 뒤에 덧붙인 말씀을 끝까지 들어야 했다. "1분이라고 하면 아주 짧은 것 같지만, 사실 1분 동안 많은 걸 보고, 느끼고, 생각할 수 있어요. 또한 할 수 있는 일도 아주 많답니다. 오늘 아침을 떠올려 보세요. 1분이라는 시간 안에 옷을 갈아입을 수도 있고, 세수를 할 수도 있지요." 정말 그럴 것 같았다. 1분이면 충분할 것 같았다. 아마 선생님은 우리에게 1분이라는 시간이 짧을 거라는 생각을 깨 주고 싶으셨던 게 아니었을까. 절대 짧지 않다고, 충분히 많은 걸 할 수 있는 시간이라고 말이다. 1분이 가진 상대성, 짧다면 짧고 길다면 길게 느껴질 수 있는 그 시간을 우리에게 알려 주고 싶으셨던 것인지도 모른다.

그때 선생님께서 하신 말씀이 꽤 인상 깊었는지, 어른이 된 지금까지도 그날의 기억이 가끔 떠오르곤 한다. 그리고 나에게는 생각 정리가 필요할 때면 1분 동안 눈을 감는 습관이 생겼다. 그 순간만큼은 덮인 눈꺼풀을 따라 마음에도 블라인드가 쳐지면서, 누구의 시선도 신경 쓰지 않게 된다. 오롯이 나에게만 집중할 수 있는 10분 같은 1분이 주어지고, 그 시간 동안 나 자신과 독대하는 기회가 생긴다. 내 안의 감정과 생각들이 뒤섞여 앞다툴 때, 이를 중재하는 건 나의 몫이다. 당장 급한 것부터 순서를 정해 주고 나면, 하나씩 자신의 고민과 의견을 털어놓는다. 일단 듣는다. 듣고 생각한다. 그리고 말한다. 몇 번 주고받다 보면, 헝클어진 생각들 안에서 타협점이 생긴다. 어떨 땐 별 이득 없이 대화가 종료되기도 하고, 어떨 땐 번뜩이는 좋은 해결책이 떠오르기도 하지만, 이 과정을 무수히 반복한다. 듣고, 생각하고, 말하기까지 1분이면 됐다. 생각을 바꾸기에도, 어질러진 마음을 정리하기에도 1분이면 충분했다.

생각 정리가 필요할 때면 다시 눈을 감는다.

고요 속의 1분이, 꼬였던 나의 하루를 풀어 준다.

잘 먹고, 잘 자고, 잘 쉬기

잘 먹기, 잘 자기, 잘 쉬기. 쉽게 할 수 있을 것 같으면서도 좀처럼 지키기 어려운 일이었다. 그러려면 그 앞에 '걱정 없이'를 지워야 했으니까. 걱정 없이 잘 먹기, 걱정 없이 잘 자기, 걱정 없이 잘 쉬기. 몸의 건강만큼이나 마음도 챙겨야 하는데, 생각처럼 쉽지 않은 일이다.

일상에서 기본을 지키며 산다는 게 이렇게 어려운 일이 었나. 가장 쉬운 숙제이면서도, 가끔은 가장 해내기 어려운 숙제처럼 느껴진다. 바쁜 일상에 끼니를 거르기 일쑤고, 시간을 빼앗기다 보니 수면의 질은 점차 떨어지며, 개운함을 느낄 새도 없이 피로만 쌓여 간다. 나의 휴식과 일을 맞바꾸는 일이 반복되면서 일상의 활력과 생기가 점점 사라지고 희미해져 간다. 또 오지도 않은 걱정을 먼저 챙기느라 마음이 한시도 편한 날이 없다.

삶의 안온은 가장 기본적인 것에 있고, 우리는 그 기본만 충족되어도 보다 여유를 느끼며 살 수 있을 것이다. 그러려면 노력을 게을리해서는 안 되며, 동시에 걱정의 양도 줄여야 한다. 기본은 모두에게 주어지는 것이지만 모두가 만족할 만큼 주어지지는 않기에, 이 부분은 결국 노력으로 채워야 한다. 잘 먹고, 잘 자고, 잘 쉬기 위해 끊임없이 나를 돌보고 돌아봐야 한다.

기본만 충족되어도 행복의 반은 채워진다. 그 기본을 잘 지키는 것이 곧 삶의 뿌리를 튼튼하게 만드는 일이다.

오늘의 할 일을 적어 본다.
잘 먹고, 잘 자고, 잘 쉬기. 그 앞에, 걱정 없이.

어디든 떠나자

어디든 떠나자.
바쁜 일상으로부터 잠시 벗어나
마음 편히 쉴 수 있는 곳으로.
산이든, 바다든, 숲이든, 섬이든
어디든 좋으니 일단 가자.
푸르른 풀 내음을 맡으며
파도 소리를 자장가 삼으며
붉은 석양을 바라보며
밤하늘을 수놓은 별을 이으며
쉼과 낭만, 그 사이를 오가자.

마음을 세는 일

　하루를 마무리하며, 오늘 만들어진 마음을 셉니다. 밥을 먹으면서 행복해했고, 쉽게 풀리지 않는 일로 답답해했고, 오랜만에 만난 친구와 서로 안부를 물으며 즐거워했고, 슬픈 실화 영화를 보며 함께 울었습니다. 이렇게 말하고 보니, 오늘 하루 동안 무수히 많은 감정을 느꼈네요.

　하루 끝에 모인 감정들. 셀 수 있는 마음이 많다는 건, 그만큼 잘살고 있다는 뜻이라고 해요. 매일 행복하고, 즐겁고, 재밌는 마음만 셀 순 없어요. 때론 우울한 마음도, 주체할 수 없는 화가 나는 마음도 세어야겠지요. 당연한 일이에요. 하나둘 세다가, 그중에서 오래도록 간직하고 싶은 순간만 담아 두면 돼요.

하루를 보내면서 어떤 마음들을 느꼈나요?

오래 기억하고 싶거나

잊어버리고 싶은 순간이 있었나요?

오늘 가장 간직하고 싶은 마음은 무엇인가요?

나를 간지럽히는 계절

가을. 애처롭던 여름이 지나가고, 소설 같은 가을이 왔습니다. 사람은 자신이 태어난 계절을 좋아한다는 말이 있죠. 가을에 태어난 저는 그 무렵의 계절을 가장 좋아합니다.

'문득'이라는 단어가 잘 어울리는 계절입니다. 문득 지나간 사랑을 떠올려 보기도 하고, 문득 소중한 기억을 안아 보기도 하고, 문득 생각나는 사람을 끼적여 보기도 합니다. 한낮에는 뜨겁다가도, 언제 그랬냐는 듯 선선해진 밤공기에 위안을 받곤 합니다.

열심히 달려오느라 수고했다는 토닥임이 유독 잘 느껴지는 가을. 이 계절이 오래갔으면 좋겠습니다. 조금 더 오래도록 나를 간지럽히면 좋겠습니다.

행복의 바탕

행복은 보통의 것에서부터 왔다. 함께 마주하는 식사, 텁텁함을 달래 주는 커피 한 잔, 즐겨 듣는 플레이리스트, 좋아하는 옷을 입고 걷던 거리, 누구에게도 방해받지 않는 혼자만의 시간, 고요한 새벽 두 시, 주고받는 시시콜콜한 대화들, 사진으로 남긴 그날의 기억처럼 언제 어디서든 얻을 수 있는 가장 일상적인 것들. 흔하디흔한 보통의 것들이지만, 어느새 내 행복의 바탕이 되어 버린 것들.

어쩌면 그간 행복을 너무 멀리서만 찾으려 했던 건 아니었을까. 이토록 밝은 표정과 내 하루의 웃음이 이렇게나 가까이에 있었는데 말이다.

힘들 때 꺼내 보면
좋은 문장

1. 누군가 나보다 앞서가고 있다고, 내가 뒤처지고 있다고 조급해할 필요는 없어. 출발할 땐 꼴찌였어도, 일등으로 도착할 수 있는 게 인생이거든.

2. 잘하고 있어! 잘하고 있는지 의심하고 고민하는 지금 이 순간조차, 최선을 다하려는 마음에서 비롯된 것이니까.

3. 넘어지면 어때, 다시 일어나면 되지. 휘청이면 어때, 잠시 흔들리면 되지. 잘 못하면 어때, 앞으로 더 잘할 텐데.

4. 이 아픔도, 슬픔도, 힘듦도 결국 다 지나가더라. 시간이 지나면, 거짓말처럼 괜찮아질 거야.

5. 누구나 실수할 수 있고, 누구나 넘어질 수 있고, 누구나 무너질 수 있어. 누구나 한 번쯤 그랬던 때가 있어.

6. 인생, 참 쉽지 않지. 내 맘대로 되는 게 하나도 없고, 잘 하고 싶은 마음은 굴뚝같은데 뜻대로 되지 않아서 속상 할 때도 많을 거야. 그럼에도 꿋꿋이 나아가고 있는 내 가 참 멋지다.

7. 또 걱정에 잠 못 들고 있었지? 무엇이 당신을 힘들게 해? 어떤 게 불안하고 두려워? 지금 하는 그 걱정은 절대로 일어나지 않을 거야.

8. 어떻게 매일 좋은 일만 있을 수 있겠어. 오늘 같은 날도 있는 거지. 괜찮아, 내일은 더 좋은 일이 생길지도 몰라.

9. 나는 해낼 것이다. 나는 잘될 것이다. 나는 이겨 낼 것이 다. 이 모든 것은 내가 말하는 대로 이루어질 것이다.

10. 우연이 아니야. 그동안 일궈 놓은 모든 것들은 내가 열 심히 노력해서 얻은 결과야. 그러니까 나는 이 기쁨과 행복을 마음껏 즐겨도 돼.

당신에게 보내는 응원

뜻대로 되지 않는다고 해서 기어코 손을 놓아 버리지 않기를. 다만 최선을 다했는데도 되지 않는다면, 그때는 포기할 용기를 가지기를. 자신에게 많이 질문하고 답하기를. 그러면서 당신을 더 알아 가기를. 외로움이라는 감정은 홀로 견디려고만 할 때 더 깊어질 수 있다는 걸 깨닫기를. 그 쓸쓸함에 오랫동안 빠져 있지 않기를. 해는 아침이 돼서 뜬 게 아니라, 어둡고 긴 밤이 지났기에 뜨는 것임을 알아 두기를. 그 숱한 고난과 힘듦을 잘 견뎌 온 당신을 칭찬해 주기를. 마음에 든 멍을 가벼이 여기지 않기를. 충분히 아파하고 슬퍼하기를. 당연함 뒤에 숨은 이기심을 쉬이 허락하지 말기를. 당신의 빛남을 스스로 가리며 살지 않기를. 더욱이 뽐내며 당차게 살아가기를. 당신이 누군가를 좋아하는 만큼, 당신을 좋아하고 아끼는 사람이 가닿는 곳에 있다는 걸 기억하기를. 누군가로부터 받은 사랑을 소중히 간직하며 살아가기를. 그로써 당신이 얼마나 사랑받고 자란 존재인지 기억하기를. 소소한 낭만 하나쯤은 품고 살기를. 그 낙으로 설렘을 느끼고 행복할 수 있기를. 붙잡으려 해도 잡히지 않는 시간 속에서 다시 돌아오지 않을 순간들을 놓치지 않기를. 지금 당신이 보고 있는 세상이 전부라 여기지 말기를. 아직 경험해 보지 못한 미지의 영역이 무수히 많기에, 하나씩 시도하고 도전해 보며 세상을 넓히고 그릇을 키워 가기를. 그렇게 조금씩 존재의 의미와 생기를 되찾아가기를. 나날이 단단해지는 내면을 느끼며, 당신의 가치를 드높이기를.

내가 당신을 그리 응원하겠다.

그럼에도 좋은 날은 온다

상처가 난 곳에도 언젠가는 새살이 돋는다.
마음이 무너질 듯 아픈 이별을 겪어도
결국 새로운 인연은 찾아온다.
삶의 막다른 길로 몰려도 빠져나갈 구멍은 있었다.

그렇기에 믿고 싶어진다.
늘 그렇듯 돌고 도는 인생이니
언젠가 다시 좋은 날이 올 거라는 걸.

온갖 시린 바람과 아린 계절 속에서도
꽃이 피는 걸 보면,
기적 같은 일은 우리의 삶 곳곳에 묻어 있나 보다.

그래, 결국 좋은 날은 왔다.

IV

그럼에도

사랑은 다시

찾아오니까요

사랑은 서로에게
　닿았다가, 닳았다가, 닮아 가는 것

　사랑이 사랑으로 빚어질 때까지 오랜 시간이 걸렸다. 나
는 너를 만나고, 너는 나를 만나며 참 많이 다투었었지. 이
해할 수 없는 행동들로 인해 쌓인 서운한 맘을 밤새도록
쏟아 내기도 하고, 때론 모난 말로 모질게 굴기도 하면서.
서로 다른 둘이 만나 하나가 되기까지, 우리가 우리로서 함
께하는 날이 오기까지 많은 노력이 필요했다. 자신이 가진
가장 큰 고집을 내려놓으며 손을 건네야 했으니. 빠른 너는
느린 나를 위해, 둔감한 나는 민감한 너를 위해 조심스럽게
거리를 좁혀 갔다. 다른 공간에 있던 우리가 한 공간에 서
로를 들여도 전혀 어색하지 않은 이 느낌이, 각자의 뚜렷함
이 어우러져 더 다채로워진 이 순간이, 고유의 색이 짙었던
우리가 제법 비슷해진 지금이 참 좋다. 그렇게 모든 시간
을 함께하고, 기억하고, 추억하는 너와 내가 있다. 겹치는
취향을 알아 가고, 비슷해진 말투와 표정으로 대화를 나누

며, 우리 둘만 아는 비밀을 만든다. 희로애락이 고스란히 담긴 앨범 속 사진처럼, 해가 거듭될수록 우리의 서사도 깊어져 간다. 분명 우리는 달랐는데, 그 다름이 더는 다름으로 느껴지지 않는다는 게 신기하다.

'다름'이 아니라, '닮음'이 된 우리.

너와 내가 품은 사랑은
그렇게 서로에게 닿았다가, 닳았다가, 닮아 갔다.

사랑의 은유

하루의 시작과 끝에 안부를 전하는 것

꾸미지 않은 모습도 예뻐 보이는 것

사랑을 대신할 단어가 없는 것

마음의 깊이를 가늠할 수 없는 것

눈을 감아도 당신이 그려지는 것

모든 걸 다 줘도 아깝지 않은 것

부르는 이름이 애틋해지는 것

이름은 지울 수 있어도 애칭은 지워지지 않는 것

그리움을 발음해 보는 것

미워도 쉽게 용서가 되는 것

어른이 되어서도 여전히 어려운 것

서툰 마음에서 싹튼 마음

　사랑의 언어는 사람마다 다르게 표현된다. 누군가는 따뜻한 말로, 누군가는 사소한 행동으로 마음을 이야기한다. 저마다 표현 방식이 달라 때때로 의도치 않은 상처를 주기도 하지만, 뾰족한 모서리도 부딪히며 뭉툭해지는 과정이 있기에 더 견고하고 단단해지듯, 좋은 인연은 하루아침에 만들어지는 게 아니다. 그러니 다투고 부딪히는 과정을 어려워하지 말기를. 서투른 처음이 훗날 좋은 관계의 영양분이 된다는 것을 잊지 않기를. 각자 자라 온 환경과 생활 습관은 다르지만, 서로를 이해하고 극복하려는 노력이 더해진다면, 시간이 지날수록 더욱 끈끈한 우리가 될 수 있을 거라 믿는다. 부디 사랑이라는 화분 안에서 함께 자라나기 위한 노력을 아끼지 않았으면 한다. 그러면 머지않아 보게 될 것이다.

서로의 다름을 이해하며 자라는

마음의 싹을,

당신의 좋아함을 응원하며.

불리는 이름

이름으로 불린다는 건 참 설레는 일이다.
누군가가 내 이름을 기억하고 불러 주는 것.
서로만 아는 애칭이 생기는 것.
불릴 때와 부를 때의 온도가 느껴지는 것.
그로써 내 이름에 감정이 생기고 색깔이 입혀지는 것.

그대가 나를 부르고, 적고, 입에 담을 때
비로소 사랑받고 있음을 느낀다.

유일한 사람

　사랑을 하면 유일해진다. 좋아하지 않았던 것도 이해하게 되고, 기피했던 것임에도 기꺼이 감내하게 된다. 가진 성향과 취향이 달라도 맞춰 갈 수 있고, 닮지 않은 구석까지 모두 끌어안아 품게 된다. 결단코 이런 사람은 만나지 말아야지 싶다가도, 이런 사람이어도 괜찮다 허락하게 되는. 이상형이 뚜렷하고 확고했지만, 그 사람이라서 바뀔 수도 있는. 양보하지 못하던 고집스러움도 당신 앞에선 자주 고개를 끄덕인다. '좋아하니까, 사랑하니까'가 모든 행동의 이유이자 당신을 향한 나의 대답이니. 그렇게 점점 나에게 있어 하나뿐인 사람이 되어 간다. 내 마음의 전부를 차지해도 다 괜찮은 사람으로. 그래도 되는 유일한 사람으로.

사랑을
실감하는 순간들

1. 나도 모르게 공통점을 찾으려고 할 때

서로 다르거나 맞지 않는 것이 있어도 겹치는 공통점을 찾으려고 한다. 때로는 만들기도 한다. 그 사람이 하는 것을 해 보고 싶은 마음에, 공유하고 싶은 마음에, 접점을 만들고 싶은 마음에. 그래서 질문을 많이 한다. 무얼 좋아하는지, 어떤 걸 싫어하는지, 그 사람 한정 수집가가 되어 궁금증을 쏟아 내고 공통점을 모은다.

2. 안부를 묻는 게 즐겁고 연락이 기다려질 때

하루의 시작과 끝에 안부를 전한다. 그 시간이 아깝다고 생각하지 않고, 아끼지 않는다. 오히려 기다려지고 기대가 된다. 답장이 오기를, 대화를 주고받기를, 오고 가는 대화 속에서 작은 약속들이 생기기를 바라고 기다린다.

3. 나보다 당신의 안녕을 더 많이 빌 때

아무 탈 없이 편안하게 지냈으면 한다. 아프지 않았으면 좋겠고, 아프더라도 금방 지나가기를 빈다. 행복했으면 좋겠고, 웃는 날이 많기를 빈다. 또 좋은 꿈을 꾸기를 바라고, 어떨 땐 꿈 꾸지 않고 푹 잠들기를 빈다. 걱정과 근심이 덜어지기를 바라고, 때로는 그 짐을 함께 나눠 들 수 있기를 빈다.

4. 좋은 것을 보면 자연스럽게 생각날 때

맛있는 음식을 먹을 때마다, 좋은 것을 쓰거나 좋은 곳으로 놀러 갈 때마다 상대가 자연스럽게 생각이 난다. 함께 하고 싶은 게 많아진다. 둘이서 맛있는 걸 먹으러 가고 싶고, 같이 좋은 걸 쓰고 싶고, 함께 좋은 곳으로 놀러 가고 싶어진다. 그렇게 추억을 함께 만들어 가고 싶은 것.

5. 없으면 안 될 사람이 되어 버렸을 때

함께 있는 순간에 익숙해져서, 상대의 부재가 감히 상상되지 않는 것. 그 허전함과 상실감을 느끼고 싶지 않게 되는 것. 그만큼 나한테 없어선 안 되는 소중한 사람이 되어

버린 것. 상상하고 싶지 않다. 비어 버린 옆자리를. 홀로 지
낼 시간을.

6. 마음이 쓰이고, 쓰고 싶어질 때

끝내 사랑을 눈치채게 되는 순간은 상대에게 마음이 쓰
이기 시작했을 때다. 관심이 가고, 한없이 신경 쓰이며, 열
린 마음이 도통 닫힐 생각을 못 하게 되는 것. 걷잡을 수
없이 하루를 소진해도, 그래도 좋은 것. 그래도 괜찮은 것.
기꺼이 마음을 쓰고 싶은 것.

보고픈 마음에 당신이 더해지면
그건 사랑

　　미처 알지 못했다. 무심코 듣고 있던 노래가 당신이 자
주 즐겨 듣던 노래였음을. 내 하루의 일부를 자연스레 함
께 나누고 있었음을. 주고받는 대화 속 잠시 머무른 정적
이 이상하리만큼 편안했던 이유를 말이다. 나누는 게 많을
수록 익숙해진다더니. 이제는 음악과 음식 취향, 좋아하는
분위기, 즐겨 입는 옷, 선호하는 스타일, 쉴 때 무얼 하는지
를 서로 공유하다 보니 굳이 말하지 않아도, 같이 있지 않
아도 또렷이 그 모습들이 그려진다. 좋아할수록 더욱 잘 보
이더라. 생각날수록 보고픔은 더 깊어지더라. 보고픈 마음
에 당신이 더해지면, 그건 사랑이겠다.

당신과 함께라면

누구와 함께하느냐에 따라 똑같은 일상이 다르게 느껴진다. 매일 듣던 노래도, 늘 걷던 길도, 항상 먹던 음식도 매번 다른 음성과 보폭, 맛으로 느껴지니 말이다. 인생에 있어서 함께하는 사람이 정말 중요한 것 같다. 평범했던 하루를 특별하게 만들어 주는 사람이기에. 당신이 그랬다. 만날 때마다 매번 다른 감정을 심어 주었다. 매일 반복되는 일상을 새롭게 만들어 준, 같은 것을 해도 지루하지 않고 오히려 즐거움을 주는. 그런 당신과 함께한다면, 같은 것도 더 이상 같은 게 아니었다.

숨은 뜻

"보고 싶다."라는 말은

'널 보러 가겠다.'라는 외침이고,

"지켜 줄게."라는 말은

'네 옆에 있겠다.'라는 약속이고,

"사랑한다."라는 말은

'내 전부를 줄 만큼 아낀다.'라는 뜻이다.

약속하자

우리 약속하자. 숨기는 감정 없이 서로에게 솔직해지기로. 늘 자신보다 남을 먼저 생각하는 당신이기에. 내색 없이 속으론 힘들었을 게 뻔히 보이는 당신이기에. 더는 아파하지 않았으면 하는 마음이다. 그 힘듦, 함께 나누자. 짐은 나눌수록 더 가벼워질 테니까.

때로는 각자의 일상이 바빠서 관계가 소홀해질지라도, 뜸해진 연락과 소통의 부재로 인해 우리의 사이가 멀어질지라도, 그 간극이 비극으로 닿을 거란 생각은 접어 두자. 잠시 떨어져 있는다 한들 일시적인 것일 뿐이니. 눈앞에 없어도 마음만은 늘 함께일 것이니. 괜한 걱정으로 마음 졸이지 말자.

새끼손가락 걸고 약속하자.
반드시 그러자고, 꼬옥 꼬옥 지키자고.

아침이 온 줄도 모르게

함께일 때 행복하다.

너랑 나랑 둘이서 함께 걷자는 그 속삭임이 간지럽다.

너무도 간지러워서 웃음을 참을 수가 없다.

너는 그런 날 보며 더 짓궂은 얼굴로 장난을 치겠지.

그럼 난 그 장난에 또 넘어가 밤새 같이 걷고 또 걷겠지.

아침이 온 줄도 모르게.

들켰다

"어디 아파?"
"표정이 안 좋네."
"무슨 고민 있어?"

다른 사람들은 잘 모르던데,
다른 사람한텐 잘 감췄는데,
너에겐 자주 들켰다.

염원하는 사랑

바라보는 시선이 너무 따뜻해서 나의 주변까지도 아늑해지는 사랑. 아플 땐 서로의 약이 되어 주고, 힘들 땐 기댈 수 있도록 어깨를 내어 주는 사랑. 그대를 위해서라면 기꺼이 반쪽을 내어 줄 수 있는 사랑. 때로는 어린아이처럼 투정도 부렸다가, 때로는 어른처럼 곁을 든든히 지켜 주는 사랑. 서로 다른 보폭일지라도 함께 발맞춰 나가는 사랑. 비어 있는 페이지를 같이 채워 나가는 사랑. '함께'라는 단어가 익숙한 사랑. 서로 반대의 성향을 지녔지만, 비슷한 점을 발견해서 접점이 생기는. 각자 다른 길을 걷고 있었지만, 한 갈래로 합쳐진 길에서 만난. 그렇게 마주한 우리가 서로에게 언제 빠져들었는지도 모르게 잔잔히 스며든 사랑.

그런 사랑을 당신과 함께하기를 염원한다.

스쳐 지나가는 인연일지라도
그것 또한 인연

인연이었기 때문이겠지요. 수많은 이름 중에서 당신의 이름 석 자가 시간이 지나도 또렷이 기억나는 이유가, 시선을 피하지 않고 서로를 오래 응시하고 있었던 까닭이, 만나지 않을 법한 장소인데 하필 지금 당신을 마주친 우연이, 모두 인연이라는 그릇에 담겨 있어서, 꺼내서 놓아주기엔 손 닿지 않은 곳까지 깊이 빠져 있어서 그런 것이겠지요.

이렇게 만난 것도 인연인가 봅니다. 가볍게 스치듯이 지나가서 몇 마디 나누지도 못한 채 작별 인사를 해야 했던 우리였지만, 만나서 반가웠습니다. 아쉬움을 뒤로하고 각자의 삶으로 돌아가야 했지만, 스치듯 스며든 당신을 잊지 않겠습니다. 스쳐 지나간 인연일지라도 그것 또한 인연이었다고 가슴에 품으며 지내겠습니다.

사랑

사랑은 늘 그렇다. 동시에 시작하는 사랑도 없고, 동시에 끝나는 이별도 없다. 한쪽에서 먼저 손을 내밀면서 사랑이 시작되었다가, 이내 다른 한쪽이 먼저 손을 놓으면서 사랑이 끝난다. 사랑의 퍼즐을 완성하는 건 그만큼 어려운 일이었다. 마음의 자리를 내어 준다는 것이 내 전부를 주는 것만큼 어려운 일이라서 시작도 하기 전에 먼저 이별을 고하는 편에 속했다. 유독 사랑을 시작하기 어려운 사람은 그 심연에 지우지 못한 얼룩이 남아 있기 때문일 것이다. 그래서 사랑을 더욱 신중히 대하는, 겁먹은 마음이 관계의 끝자락으로 제 걸음을 재촉하는, 그런 사람. 아마 두려워서겠지. 이미 받았던 상처가 아직 아물기 전이라서, 상처를 덮어 두고 새로 시작할 용기가 나지 않아서, 믿어도 되는 사람이라는 확신이 들지 않아서 사랑의 문을 더 굳게 잠가 둔 것일 테니.

사랑에 대한 확신이 흐릴수록 마음에 안개가 자주 끼고, 점점 짙어진다. 결국 사랑은 안개를 뚫고 지나가느냐, 안개가 걷히기를 기다리느냐이다.

있을 때 잘해야지

　우리는 소중함을 자주 잊고 산다. 가족의 품 안에 있었을 때가 좋았다는 것도, 도움을 받을 수 있었을 때가 감사했다는 것도, 기댈 사람이 있었기에 큰 안정과 평안을 느낄 수 있었다는 것도 익숙함에 속아 쉽게 알아차리지 못했다. 그러다 마음을 나누던 이가 사라지고 나서야 그때가 소중했음을 깨닫는다.

　부재에서 존재를 찾는 것.

　얼마나 소중하고 애틋한 사람이었는지를 떠나고 나서야 안다. 매일 보는 것보다 어쩌다 한 번 볼 때 더 반갑고 애틋한 마음이 드는 것처럼, 관계의 존재감은 만남의 빈도가 잦다고 해서 좋은 방향으로만 체감되는 것은 아니라는 걸 알게 된다.

"있을 때 잘해, 후회하지 말고."라는 말이 괜히 있는 게 아니다. 오죽하면 노래의 가사로도 쓰였을까. 상실감은 희석된 소중함을 자각하게 한다. 부재가 남긴 공허와 씁쓸함은 그 어떤 것으로도 쉬이 채워지지 않는다. 그 뒤엔 반드시 후회가 뒤따른다. 이렇게 할걸, 진작 잘해 줄걸, 그렇게 말하지 말걸, 조금만 더 살갑게 대할걸. 떠난 뒤에 후회한들 무슨 소용이겠는가. 있을 때 잘해야 했던 것을.

더는 소중한 인연을 놓치고 싶지 않다. 곁에 있을 때 더 자주 표현하고, 익숙해지려 할 때면 늘 고마움을 전하고, 다시 오지 않을 이 순간에 마음을 다하고 싶다. 있을 때 잘해야지, 있을 때 한 번이라도 더 사랑한다고 말해야지, 있을 때 자주 함께 있어야지 다짐한다.

우리의 마지막 계절

우리가 함께했던 마지막 계절이네요. 찬바람이 불기 시작할 무렵, 속상함과 애증이 뒤엉켰던 그날의 대화는 이젠 돌아오지 않는 안녕이 되었죠. 난 당신의 바람처럼 아주 건강하고 행복하게 잘 지내고 있어요. 밥도 꼬박꼬박 챙겨 먹고, 하고 싶었던 일도 하면서 꿈꾸던 나날을 보내고 있어요. 그러다 가끔, 당신이 내게 들려주던 노래가 나올 때면 한 소절이 끝나기도 전에 넘겨 버려요. 둘이 갔던 장소는 지도에서 지운 지 오래예요. 그렇게 당신의 흔적을 지우고 있어요. 다시 들춰 보지 않도록. 당신도 그러겠지요. 잘 지내요. 더는 아파하지 말고.

기억 속의 그 사람

있는 그대로의 나를 좋아해 주었던 사람. 힘들 때면 포기하지 않도록 북돋아 주었던 사람. 시선을 향하던 목소리가 마음 못지않게 다정했던 사람. 투명한 마음이 다치지 않도록 아껴 주고, 지켜 주고, 사랑해 주었던 사람. 내가 가진 장점이 무엇인지 알려 주었던, 그래서 내가 나일 수 있게 해 주었던 사람. 그 빛을 낼 수 있게 함께한 사람. 하지만 이제는 곁에 없는 그 사람. 서로를 뒤로한 채 다음을 기약해야만 했던, 그래서 가슴에 깊이 자국이 된 기억 속의 그 사람.

지나간 사랑의 사람.
바래진 기억과 옛 추억이 깃든 사람.

사랑이라 믿었지

함께 있어도 공허한 마음.
보고 있어도 흐릿한 시선.
뜸해진 연락과 줄어든 대화.
사랑을 입에 담지 않았던 우리.

사랑이 아니었단 걸 알면서도
사랑이라 믿고 싶었다.

지우지 못할 얼룩

가슴에 깊이 자국이 된 사람은 시간이 지나면서 점점 얼룩으로 남더라. 지우려고 해도 지워지지 않아서 자꾸만 미워지더라. 점점 더 선명해지는 얼룩이 정말 독하게 자리 잡고 있더라. 애써 외면하고 지나치려고 해도 다시 보게 되고, 어디에 있나 찾게 되더라. 어쩔 수 없는 노릇이다.

완전히 지워 낼 수 있을까,
온전히 잊게 될 수 있을까,
더 세게 문지르면 없어질까.

그래도 그 자리에 그대로 있는 얼룩.

그건 지우지 못할 얼룩이 아닌,
지우지 못한 얼굴이었다.

재전송하시겠습니까

어떻게 해야 당신에게 한 걸음 더 다가갈 수 있을까. 나의 온기 섞인 끄적임이 그대 곁을 기웃거리길 바라며 썼다 지우기를 반복한다. 떨리는 손끝이 전송을 누르고 서둘러 창을 내린다. 조심히 날아간 내 마음에 동력이 부족했던 걸까, 아니면 당신의 마음에 나의 마음을 끌어당기는 중력이 없는 걸까. 시간이 지나도 오지 않는 답. 보낸 메시지의 답이 비수가 되어 날아올까 봐 들여다보기를 한참. 망설이다 다시 펼쳐 본 창에 적힌 문구엔.

[메시지 전송에 실패하였습니다.]
[재전송하시겠습니까?]

다행이다.

[예.]
이번에는 꼭 당신에게 닿기를.

진심

한번 내뱉은 말은

다시 주워 담지 못하는 것처럼

한번 상처받은 마음은

다시 돌이킬 수 없는 것처럼

한번 건넨 진심은

다시 가져올 수 없는 것이다.

내가 보낸 진심은 변함없는 진실이니까.

미워도 사랑하니까

　미움도 마음이 없다면 생기지 않는다. 끝내 외면하고 싶었지만 지나치지 못했던 미련, 아직도 생각나고 사무치는 그리움, 옹졸하게 남아 있던 일말의 자존심, 청개구리처럼 반대로 나오던 말들. 미운 마음이 자꾸 사랑을 민다. 매정하게 뒤돌아서고 부정하도록. 서로 감정이 격해지며 날카롭게 말다툼했던 그날 이후로 한동안 멈춰 있던 대화창. 잠시 시간을 갖자며 떨어져 있었던 지난날.

　마음대로 안 되는 게 사람의 마음이라고 했나. 미워하는 마음에 가둬 버린 진심은 결국 들통이 난다. 다 마음이 있어서다, 다 마음이 있어서. 그토록 미운 사람이지만 미움보다 사랑하는 마음의 크기가 더 커서, 사소한 것으로 다투며 마음이 상할 때도 있지만 그 끝엔 늘 사랑이 자리 잡고 있어서, 사랑이 다시 미움을 밀어내는 것이다. 저 끝으로.

우린 서로를 보며 자꾸 밉다고 말한다. '그래도 당신을 사랑한다.'라는 말을 기저에 둔 채로.

인연이란 이름으로

한껏 미워하다가도 뒤돌아서면 생각나고 보고 싶은 게 사람의 마음이고 숨어 있는 애정이다. 멀어진 것 같다가도 다시 가까워지고, 서로를 밀어내더라도 자꾸만 오게 하는 게 사랑이며, 다시 찾게 되는 품이다. 어찌할 수 없는 이끌림이다. 그렇기에 사람의 마음은 알다가도 모르는 것인가 보다.

우리가 인연이라면 다른 지평선에 있더라도 서로에게 닿는 순간이 올 것이다. 저 멀리 도망을 가도, 피하려고 해도 다시 맞닿을 것이다. 함께했던 계절이 돌아오고, 여러 번 반복되어도 이어질 수밖에 없는 사람이라면 다시 얼굴을 보게 될 것이다.

그러니, 결국 우린 다시 만날 것이다. 어떻게 해서든. 애틋함이 서로의 끈을 붙잡고 조금씩 당기며, 그렇게 서서히 마주하는 날이 올 것이다. 인연이란 이름으로.

별처럼 빛나도록

　별것이 아닌 작은 것도 당신은 별처럼 소중히 대해 준다. 누구도 알아보지 못했던 반짝임을 귀신같이 찾아낸다. 그러곤 알려 준다. "너한텐 이렇게 잘하는 것도 있어. 남들도 해내기 어려운 것을 너는 해냈잖아." 그러니 절대 못 하고 있지 않다고. 지금 잘하고 있다며 축 처진 어깨를 붙잡고 펴 준다. 난 그게 그렇게나 고맙고 든든했다. 다른 사람들은 다 몰라줘도, 당신만큼은 알아봐 주니까. 어둠을 걸어 주고 희미한 빛을 더 밝게 비출 수 있게 도와주니까. 더 빛나는 내가 될 수 있게 해 주니까. 할 수 없을 것 같던 일도 거뜬히 해낼 수 있도록 용기와 희망을 심어 준다. 당신의 응원 한마디면 없던 힘도 샘솟는 기분이다. 그 말에 힘입어 당차게 나아갈 수 있었다. 그 응원의 손길 덕에 더 빛날 수 있었다.

사랑하는 사람아

내가 미안해, 본의 아니게 상처를 줘서.
정말 고마워, 늘 곁을 든든히 지켜 줘서.
더 사랑해, 당신이 없으면 안 될 만큼.

당신에게 해 주고 싶었던 말.

은혜 갚는 까치가 되어

고마움은 평생 간다는 말처럼, 어렵고 힘들었을 때 받았던 도움은 죽을 때까지 잊을 수가 없습니다. 본인의 상황도 녹록지 않은데 선뜻 손을 건네준 이에게, 나의 아픔과 슬픔을 이해해 준 이에게, 없는 형편에 콩 한 쪽도 반으로 나눠 주던 이에게, 외면하지 않고 내 일처럼 챙겨 준 이에게 은혜 갚는 까치가 되어서 반드시 보답하고 싶어집니다. 감사합니다. 희망의 끈을 다시금 붙잡게 해 줘서, 힘주어 나아갈 수 있게 해 줘서, 아직 세상이 살 만하다는 걸 느끼게 해 줘서 말입니다. 받은 도움을 평생 잊지 않고 살아가겠습니다. 그리고 꼭 보답하겠습니다. 받은 마음에 배로 감사함을 더해서 전하겠습니다. 훗날 은혜 갚는 까치가 되어서 찾아가겠습니다.

되찾은 애정

마음이 불안할 때는 어떠한 것도 눈에 들어오지 않고 손에 잡히지 않는다. 애정을 쏟았던 일도, 사랑도, 좋아하고 즐기던 취미도 감흥이 없어진다. 그럴 때일수록 우린 더 긍정적으로 생각하려고 노력해야 한다. 억지로라도 밖에 나가서 바깥공기를 맡고 주변 풍경을 눈에 담으려고 해야 한다. 밝은 생각은 여유를 만들어 내고, 만들어 낸 여유는 세상을 바라보는 시각을 넓혀 주니, 긍정적인 사고는 놓쳤던 애정의 순간들을 되찾을 수 있도록 도와준다. 또한 나가서 무언갈 보려는 노력은 나에게 세상을 다정하게 보는 시선을 다시 갖도록 해 준다. 불안에 탁해졌던 시야가 맑아지면서 좋아하는 것을 다시 보고, 느끼고, 즐기게 된다. 들리지 않던 소리가 들려오고, 가려졌던 시야가 눈에 들어오기 시작한다. 그동안 왜 이걸 못 봤을까, 왜 느끼지 못했을까, 그땐 왜 몰랐을까, 하는 느낌이 드는 것과 동시에 마음이 안정을 되찾게 된다.

시야가 좁으면 마음이 좁아지고 여유가 없어진다. 힘든 말이겠지만 불안이 엄습할수록 뭉툭하고 대담한 마음을 가지고 몸과 마음을 외부로, 긍정으로 옮겨야 한다.

대가 없이 건네는 사랑

관계의 종말은 대개 서로에 대한 과한 기대로부터 비롯된다. 내가 건넨 것보다 더 큰 것을 바라고, 더 많은 마음을 원하고, 이런 기대가 생기는 순간 그 관계는 처음과 같을 수 없게 된다. 누군가는 채우느라 지치고, 누군가는 충족되지 않아 초라해지면서, 결국 마침표를 찍기 마련인 것이다.

기대는 채운다고 해서 채워지는 게 아닌데. 하물며 채운다고 해서 만족할 수 있는 것도 아닌데. 어쩌면 기대가 커지는 이유는 그만큼 사랑을 주고받고자 하는 욕심이 크기 때문 아닐까. 내겐 전부인 사람이라서 상대방도 내가 전부이기를 바라는 이기심에서 오는 서운함. 대가 없이 건네는 사랑이야말로 오랫동안 서로를 지키며 관계를 이어 갈 방법이라는 것. 그런 사랑이기를 바란다. 얼마나 기대를 충족

시켰는지 재는 사랑이 아닌, 순수하게 건넨 마음을 진심으로 받아들이는 사랑. 사랑의 본질이 이기심으로 인해서 흐려지지 않기를 바란다.

아빠의 어부바

어릴 때부터 난 아빠의 등을 좋아했다. 아빠가 퇴근하고 집에 오거나 쉬는 날이면 항상 껌딱지처럼 등에 착 달라붙어 있곤 했다. 이때만큼은 동생한테 절대 양보할 수 없는 순간이다. 바다같이 한없고 은은한 난로처럼 따뜻하고 아늑한 등을 꽉 끌어안고 있으면, 아빠는 그런 나를 보고는 코알라 같다며 몸을 이리저리 흔든다. 그게 재밌어서 더 해 달라고 조르면 바닥에 엎드려서 말도 태워 준다.

밖에서 한창 놀다 집에 들어가야 할 때면 집에 가기 싫다고 칭얼거리는 내게 등을 내주던 아빠. 그 어린 나이엔 아빠의 어부바가 마냥 좋았다. 어부바를 하고서 걸을 때 나는 저벅저벅 소리는 자장가처럼 들렸고, 들썩이는 등에 맞춰서 난 단잠에 빠져들었다. 어느 날은 차 안에서부터 자는 척을 했다. 그러면 아빠가 업어 주지 않을까 싶어서. 아

빠는 몰랐겠지. 내가 깬 걸 안다면 혹시라도 내려놓을까
봐 집에 도착할 때까지 눈을 꼭 감고 있었다는 걸. 그날의
기억이 아직 따뜻하다. 아빠의 아늑한 등처럼.

엄마가 딸에게

딸아, 건강은 젊을 때부터 챙기도록 해라. 엄마가 아파 보고 나니까 왜 일찍 건강을 챙기지 않았을까, 후회되는 순간들이 많았단다. 가끔은 나에게 있던 병이 너에게까지 영향을 주지는 않을까 엄마는 그게 걱정이 되는구나. 겁이 많은 너인데, 이 아픔을 느낄 걸 생각하니 차라리 내가 아픈 게 낫다. 하고 싶은 거, 좋아하는 거 마음껏 즐기고 누리며 살아가거라. 한 번 사는 인생인데 후회 없이 살았으면 좋겠구나. 그게 무엇이든 너를 위한 선택을 하거라. 인생은 누가 대신 살아 줄 수 없는 거라서 네 인생을 책임질 수 있는 사람은 오직 너라는 걸 잊지 말아야 한다. 너를 진심으로 아껴 주고 보살펴 주고 너만을 바라보는 배필을 만나거라. 그리고 다른 건 다 몰라도 언제 어디서든 성실한 사람이 제일이더라. 네 아빠처럼 말이다. 고집 센 건 조금 줄이거라. 그게 누굴 닮았겠느냐마는 좋은 점만 물려줘야 했는데 닮지 않았으면 하는 부분까지 닮게 해서 미안하구나. 맏이라는 이유로 너에게 괜한 짐을 짊어지게 한 건 아닌지 어떨 땐 마음이 무겁기도 하단다. 어릴 땐 "엄마는 예뻐요, 아빠는 예뻐요." 하며 노래 부르던 우리 딸이 언제 이렇게 컸는지 대견하구나. 잘 자라 줘서 고맙다. 엄마는 늘 우리 딸 편이니, 지치거나 힘들 때면 언제든지 엄마 품에 안기거라. '엄마 손은 약손' 하며 얼마든지 쓰다듬어 줄 테니. 엄마의 든든한 오른팔이자 둘도 없는 친구인 내 딸아, 엄마의 딸로 태어나 줘서 고맙다. 사랑한다는 말로는 다 담을 수 없을 만큼 사랑한다, 우리 딸.

딸이 엄마에게

엄마, 그동안 많이 아프고, 힘들고, 버거웠지요. 내가 헤아릴 수 없을 만큼. 아파도 엄마라서 그 눈물 꾹 참았을 테고, 힘들어도 엄마니까 이 악물고 견뎠을 테고, 삶이 버거워도 엄마로서 그 역할을 다하려 했을 테니까요. 늘 자신을 희생하고 자식을 위해 살면서, 당신의 이름으로 불리는 날보다 누구의 엄마로 살아간 날이 더 많았을 우리 엄마. 어릴 땐 엄마한테서 받는 사랑이 당연하다고만 느꼈었는데, 어른이 되고 보니 엄마의 마음을 조금이나마 알겠습니다. 사랑 뒤에 숨은 헌신과 희생을 늦게 알아채서 미안합니다. 엄마 속도 모르고 철없이 굴어서, 투정 부리는 딸이라서, 마음과 달리 나가는 날카로운 말로 가슴에 대못을 박아서 미안합니다. 그리고 고맙습니다. 늘 나를 믿고 응원해 줘서. 지치고 힘들 때면 엄마 품에 쏙 안겨서 쉬어 갈 수 있도록 해 줘서. 험난한 이 세상, 홀로 설 수 있도록 뒤에서 밀어 줘서. 엄마한테 받은 그 사랑, 꼭 배로 돌려주겠습니다. 이제 엄마는 웃는 날만 가득할 거예요. 아프지 말고, 오래오래 건강하게 지내서 앞으로 여행도 많이 다니고, 자주 함께 시간 보냅시다. 세상에 둘도 없는 소중한 우리 엄마, 늘 고맙고 미안하고 사랑합니다.

마치며

　문득 처음 글을 쓰던 때가 떠오릅니다. 겉으론 멀
쩡해 보였을지 몰라도 속은 문드러지고 곪아 있던 그
시절에 정작 다른 이에겐 위로를 잘해 주면서 나에게
는 따뜻한 말 한마디를 건네지 못하는 제가 있었습니
다. 상대의 고민은 잘 들어 주면서 정작 나의 고민은
터놓기 힘들어하는 저를 보았습니다. 그때부터였습니
다. 저를 돌아보고자, 마음을 살피고자 글을 쓰기 시
작했습니다. 누구에게도 말하지 못한 고충을, 꽉 막
힌 듯 답답한 마음을, 나에게 해 주고 싶은 말을 하
나씩 글로 담아냈습니다. 하루를 시작하고 마무리하
며 느낀 감정과 생각을 담아, 다짐과 위로를 담아, 나
와 비슷한 고민을 품고 있는 당신에게도 이 글이 닿
기를 바라는 마음으로.

이 책을 읽은 후 당신의 마음이 한결 편해졌기를 바랍니다. 단 한 문장이라도 좋으니, 당신의 시린 마음을 보듬어 준 따뜻한 위로가 되었기를 바랍니다. 지금 힘들어도 결국은 다 괜찮아질 거란 희망을 품고 살아갈 수 있기를 소망합니다.

걱정하지 마세요.
앞으로 좋은 날이 올 것입니다.
당신을 응원하고 있습니다.
위로와 응원의 말이 당신에게 가닿기를 바랍니다.

그럼에도 좋은 날은 오니까요

1판 1쇄 발행 2024년 11월 21일
1판 2쇄 발행 2025년 02월 17일

지 은 이 한예린

발 행 인 정영욱
편집총괄 정해나
편 집 박주선
마 케 팅 이다은 정지은 박건우 원희성 김현서

펴낸곳 (주)부크럼
전 화 070-5138-9971~3 (도서기획제작팀)
홈페이지 www.bookrum.co.kr
이메일 editor@bookrum.co.kr
인스타그램 @bookrum.official
블로그 blog.naver.com/s2mfairy
포스트 post.naver.com/s2mfairy